The Poetry
for the
Girlfriend

# 晨 歌

献给
母亲的
诗

高 兴　选编
［美］西·普拉斯　等著
张芬龄　等译

人民文学出版社

## 图书在版编目 (CIP) 数据

晨歌：献给母亲的诗／高兴选编；（美）西·普拉斯等著；张芬龄等译．—北京：人民文学出版社，2019
（献给女性的诗）
ISBN 978-7-02-014032-9

Ⅰ.①晨… Ⅱ.①高… ②西… ③张… Ⅲ.①诗集—世界 Ⅳ.①I12

**中国版本图书馆 CIP 数据核字 (2018) 第 062349 号**

| | |
|---|---|
| 出版统筹 | 仝保民 |
| 责任编辑 | 陈　黎 |
| 特约策划 | 李江华 |
| 特约编辑 | 杜婵婵 |
| 书籍设计 | 李思安 |

出版发行　人民文学出版社
社　　址　北京市朝内大街 166 号
邮政编码　100705
网　　址　http://www.rw-cn.com

印　　刷　三河市祥宏印务有限公司
经　　销　全国新华书店等

字　　数　220 千字
开　　本　787×1092 毫米　1/32
印　　张　7.25
印　　数　1—6000
版　　次　2019 年 12 月北京第 1 版
印　　次　2019 年 12 月北京第 1 次印刷
书　　号　978-7-02-014032-9
定　　价　58.00 元

如有印装质量问题，请与本社图书销售中心调换。电话：010-65233595

# 编者的话

需要特别说明的是,"献给女性的诗"是人民文学出版社编辑前辈的创意。那还是1989年,一套"献给女性的诗"由外国文学出版社(系人民文学出版社副牌,以出版外国文学作品为主)精心选择于三八妇女节前推出。这套"献给女性的诗"共三册,分别为:《献给妈妈》《献给女友》和《献给妻子》。绿原先生、屠岸先生和高莽先生分别为三册书作序。永恒的主题,真挚的诗篇,感人的序言,加上小巧、清新、温馨的装帧设计,使得这套诗集吸引了众多文学爱好者的目光,成为无数读者镌刻于心头的阅读记忆。

时间流逝,一晃二十八年过去了。再度翻阅这套诗集,依然有不少感动,但因了时间距离,自然也生出一些不满。感觉这套诗集还是有点单薄,且不平衡,读起来不过瘾。有意思的是,《献给女友》的篇幅最大,达两百页,而《献给妈妈》和《献给妻子》的篇幅几乎要少一半。选目上,苏联诗歌过多,世界性和当代性体现得不够。最最关键的是,一些诗作在今日看来，艺术性和思想性明显欠缺。在此情形下，调整、丰富和拓展这套诗集，已是一件有必要也有意义的事情。资深出版人仝保民先生敏锐地意识到了这一点，于是，委托我重新编选"献给女性的诗"。

我深知这是项美好却又艰巨的任务，几番想推辞，但终于于心不忍。无论是出于对女性的热爱，还是出于对仝先生以及其他编辑前辈的敬重，都要尽心尽力地做好这件事情。

艺术性、经典性、丰富性、世界性、适当的当代性，是我重新编选这套诗集的主要标准。此外，译诗，译诗，翻译至关重要。对翻译文本的讲究，也是我尤为重视的。在这里，要感谢我欣赏和敬佩的所有诗歌翻译家的支持！是他们出色的译品支撑起了我们的选本。总之，我所付出的一切心血都是为了能让这套"献给女性的诗"更加精致，更加丰富，更加开阔，更加动人。

心愿和实际，总是有距离的。水平有限，有不足和谬误之处也就难免，恳请读者朋友及各路方家多多斧正！我想，这套诗集应该呈开放状态，期盼今后能有编者不断地调整和拓展。我还想，既然已编出"献给女性的诗"，那么，是否也该在适当时候编选出"献给男性的诗"？毕竟女性和男性一道成就了我们的人类世界，成就了种种的诗意和美好！

高 兴

2017年4月21日于北京劲松

目录

信
　[韩国] 文贞姬／薛舟 译 ——— 1

枕　头
　[韩国] 文贞姬／薛舟 译 ——— 3

比目鱼
　[韩国] 文泰俊／薛舟 译 ——— 6

关于生女儿那天的回忆
　[韩国] 金惠顺／薛舟 译 ——— 8

我不记得我的母亲
　[印度] 泰戈尔／冰心 译 ——— 11

孩童之道
　[印度] 泰戈尔／冰心 译 ——— 12

云与波
　[印度] 泰戈尔／冰心 译 ——— 14

金色花
　[印度] 泰戈尔／冰心 译 ——— 16

恶邮差
　[印度] 泰戈尔／冰心 译 ——— 18

告　别
　[印度] 泰戈尔／冰心 译 ——— 20

安魂曲
　[蒙古国] 拉哈巴苏荣／哈森 译 ——— 22

春月升起时，阿妈在等待
　[蒙古国] 拉哈巴苏荣／哈森 译 ——— 24

额吉河
　[蒙古国] 拉哈巴苏荣／哈森 译 ——— 26

九十岁,在此之前她从未生病住院
　　[埃及]赫迪·赫芭娜/倪志娟 译＿＿30

赫利奥波利斯的露天影院
　　[埃及]赫迪·赫芭娜/倪志娟 译＿＿32

给我母亲
　　[以色列]耶胡达·阿米亥/傅浩 译＿＿35

和我母亲在一起
　　[以色列]耶胡达·阿米亥/傅浩 译＿＿38

母亲和我
　　[以色列]耶胡达·阿米亥/傅浩 译＿＿39

我的母亲
　　[以色列]耶胡达·阿米亥/傅浩 译＿＿42

神奇的往昔时光的女伴
　　[俄罗斯]普希金/汪剑钊 译＿＿45

母　亲
　　[俄罗斯]布宁/谷羽 译＿＿47

风卷着积雪……
　　[俄罗斯]叶赛宁/谷羽 译＿＿49

啊,我吃苦耐劳的妈妈
　　[俄罗斯]叶赛宁/汪剑钊 译＿＿51

在库帕拉节前夕妈妈走遍了森林
　　[俄罗斯]叶赛宁/丁鲁 译＿＿53

这个夜晚不可赎回
　　[俄罗斯]曼德尔施塔姆/王家新 译＿＿55

歌
　　[俄罗斯]特瓦尔多夫斯基/谷羽 译＿＿57

母　亲
　　〔俄罗斯〕叶夫图申科／谷羽　译＿＿60

母亲们渐渐离去
　　〔俄罗斯〕叶夫图申科／谷羽　译＿＿62

我记得……
　　〔白俄罗斯〕唐克／谷羽　译＿＿65

母亲的手
　　〔白俄罗斯〕唐克／谷羽　译＿＿66

我的母亲
　　〔亚美尼亚〕诺林茨／谷羽　译＿＿68

给妈妈的第一封信
　　〔捷克〕塞弗尔特／星灿　劳白　译＿＿70

紫罗兰花
　　〔捷克〕塞弗尔特／星灿　劳白　译＿＿72

回忆母亲
　　〔德〕黑塞／赵平　译＿＿75

无　常
　　〔德〕黑塞／胡其鼎　译＿＿76

献给母亲
　　〔德〕贝托尔特·布莱希特／黄灿然　译＿＿78

伟大的女神
　　〔德〕汉斯·马格努斯·恩岑斯贝格／贺骥　译＿＿79

母　亲
　　〔德〕埃尔泽·拉斯克-许勒／谢芳　译＿＿81

水手的母亲
　　〔英〕华兹华斯／黄杲炘　译＿＿83

**立陶宛母亲**
[立陶宛] 雅尼娜·德古泰特／李以亮 译 ____ 86

**她的手**
[波兰] 安娜·斯沃尔／高兴 译 ____ 88

**梦见我死去的母亲**
[波兰] 安娜·斯沃尔／高兴 译 ____ 89

**她和我**
[波兰] 安娜·斯沃尔／高兴 译 ____ 90

**悲　悼**
[波兰] 兹比根涅夫·赫贝特／李以亮 译 ____ 91

**越　南**
[波兰] 维斯瓦娃·希姆博尔斯卡／李以亮 译 ____ 92

**出　生**
[波兰] 维斯瓦娃·希姆博尔斯卡／李以亮 译 ____ 93

**阿姆斯特丹的机场**
[波兰] 亚当·扎加耶夫斯基／李以亮 译 ____ 97

**关于我母亲**
[波兰] 亚当·扎加耶夫斯基／李以亮 译 ____ 100

**母　亲**
[芬兰] 戈斯塔·阿格伦／北岛 译 ____ 102

**改变我的母亲**
[荷兰] 拉姆齐·纳斯尔／倪志娟 译 ____ 103

**悬崖上的孩子**
[英] 爱德华·托马斯／周伟驰 译 ____ 105

**神圣的春天**
[英] 狄兰·托马斯／海岸 译 ____ 107

期待中的母亲
　　[英]佩尼洛普·夏特尔／王恩衷 译＿＿110

岸
　　[法]勒芒／ 树才 译＿＿112

一个母亲的死亡
　　[法]亚兰·波司盖／罗大冈 译＿＿115

忆母亲
　　[西班牙]卡门·孔德／赵振江 译＿＿117

母亲的眼睛
　　[西班牙]贡恰·拉戈斯／赵振江 译＿＿120

海、海和海
　　[葡萄牙]埃乌热尼奥·德·安德拉德／姚风 译＿＿123

母亲，我没有忘记你
　　[意大利]维瓦尔迪／钱鸿嘉 译＿＿126

祈求母亲
　　[意大利]比·保·帕佐里尼／钱鸿嘉 译＿＿128

致母亲
　　[意大利]夸西莫多／吕同六 译＿＿130

重　归
　　[意大利]夸西莫多／李国庆 译＿＿134

是你……
　　[斯洛文尼亚]托马斯·萨拉蒙／高兴 译＿＿137

母　亲
　　[罗马尼亚]安娜·布兰迪亚娜／高兴 译＿＿139

祈　祷
　　[希腊]卡瓦菲／黄灿然 译＿＿141

母 亲
　　[加拿大] 欧文·莱顿／汤潮 译 —— 142

暴风雪
　　[加拿大] 洛尔娜·克罗奇／倪志娟 译 —— 144

我的母亲
　　[加拿大] 乃里冈／周海珍 译 —— 146

对着母亲的两幅肖像
　　[加拿大] 乃里冈／周海珍 译 —— 147

寡妇的春愁
　　[美] 威廉·卡洛斯·威廉斯／傅浩 译 —— 149

画 作
　　[美] 威廉·卡洛斯·威廉斯／傅浩 译 —— 151

母 亲
　　[美] 格温朵琳·布鲁克斯／傅浩 译 —— 153

母亲的习惯
　　[美] 妮琪·乔万尼／傅浩 译 —— 156

给玛格丽特
　　[美] 斯坦利·摩斯／傅浩 译 —— 158

圣诞夜
　　[美] 安妮·塞克斯顿／倪志娟 译 —— 161

梦见乳房
　　[美] 安妮·塞克斯顿／倪志娟 译 —— 165

晨 歌
　　[美] 西·普拉斯／张芬龄 译 —— 168

画 像
　　[美] 斯坦利·库尼茨／彭予 译 —— 170

俄亥俄州的斯提克斯河
  [美]玛丽·奥利弗/倪志娟 译　——172
悼　念
  [美]约瑟夫·布罗茨基/黄灿然 译　——174
写给妈妈
  [美]露易丝·格丽克/柳向阳 译　——176
爱之诗
  [美]露易丝·格丽克/柳向阳 译　——178
音　乐
  [美]莎朗·奥兹/倪志娟 译　——179
螃　蟹
  [美]莎朗·奥兹/倪志娟 译　——182
约　定
  [美]路易斯·博根/倪志娟 译　——185
墓园蓝调
  [美]娜塔莎·特塞苇/远洋 译　——187
你亡逝之后
  [美]娜塔莎·特塞苇/远洋 译　——189
神　话
  [美]娜塔莎·特塞苇/远洋 译　——190
南方新月
  [美]娜塔莎·特塞苇/远洋 译　——192
白色的手枪皮套
  [美]史密斯/绿原 译　——195
我请我妈妈歌唱
  [美]李立杨/蔡天新 译　——200

**七个梦**

[墨西哥] 菲利西亚诺·桑切斯·钱／松风 译＿＿202

**母 亲**

[危地马拉] 米·阿斯图里亚斯／孟复 译＿＿214

**良好的判断**

[秘鲁] 塞萨尔·巴列霍／黄灿然 译＿＿217

# 信

——献给在故乡独自守护死亡的七十八岁母亲

[韩国]文贞姬 / 薛舟 译

您只爱一样

别的都放弃

这唯一

不是生命

而是约定

所有人都独自前行

却去往同一个地方。

那是愉快的约定。母亲

来得稍早的母亲

去得也稍早

来得稍晚的我们

去得也稍晚

出生时没有约定

我们却要去兑现承诺

这样做真的不孤独


母亲,不要哭


母亲是美好的落叶

# 枕头

[ 韩国 ] 文贞姬 / 薛舟 译

忘了哪一年,母亲

撕碎绸缎衣服,染成五颜六色

开始为自己做寿衣

裙子、上衣、枕头、手套……

剪下写在纸上的名字

整齐地插在中间

只要有时间,母亲

就向我们展示

莫非是和我们分享死亡?

还是想抚摸恐惧?

每当这时,哥哥都借故离开

我捂着脸

逃到别的房间

表兄弟表姐妹来的时候

母亲也会拿出来

我已经准备好了寿衣

母亲像订下婚期的新娘

炫耀自己的新婚用品

亲戚们礼貌地点头

然后声称有事离开

母亲把这些东西

装进带子脱落的旅行包

挂在公寓的檐下

每天叮嘱我们好几次

"在那儿,哦"

"到时候别发慌,找出来用,嗯"

某个凌晨

母亲从容离去

只把这些留给我们

像腐烂的落叶一般沉静

我指着房檐下面

大家打开旅行包,取出寿衣

啊,扑棱棱

一只蝴蝶飞出来

母亲蹩脚的朝鲜文

沙沙作响

枕

枕头……枕头……枕头……枕头……

母亲被埋入大地

却留下蝴蝶

每天夜里,蝴蝶在我枕边

在鲜血剪出的悬崖上

跳白刀舞

飞过今生和来世

### 文贞姬(1947— )

韩国女诗人。曾获"现代文学奖""素月诗歌奖""郑芝溶文学奖",2004年,作品《喷泉》荣获马其顿泰托沃世界文学论坛"年度诗人奖"。2008年,荣获韩国艺术评论家协会评选的"年度最优秀艺术家奖"。著有诗集《文贞姬诗集》《鸟群》《独自陷落的钟声》《野蔷薇》《秋千挂在比天空更远的地方》《星辰在上,悲伤也芳香》《为了男人》《来吧,虚伪的爱情》《罂粟花插满头归》《我是门》,长诗《井川的鸟》。

# 比目鱼

[韩国]文泰俊 / 薛舟 译

她躺在金泉医院六人病房 302 号,戴着氧气机与癌症作战

她躺在那里,宛如紧贴地面的比目鱼

我躺在她身边,也变成了比目鱼

比目鱼用眼神问候比目鱼,她立刻泪如泉涌

瘦削的她在哭泣,一只眼睛贴着另一只眼睛

她在注视死亡,我在注视她犹如波浪般的过往岁月

我想起她摇摇摆摆的水中生活

我想起她的羊肠小径,和白天回荡在路上的布谷鸟鸣

我想起她煮细面条的傍晚,和她的连土墙都没有的家世

我想起某个冬日

双腿渐渐分离,越来越远

脊梁就像支撑不住暴雪的树枝,越发弯曲

她的呼吸渐渐粗糙,就像榆树皮

我知道,现在她看不见死亡之外的世界

我知道她的一只眼睛黑黑地歪向另一只眼睛

我只是摇摇摆摆地游来,并肩躺在她的水里

她用吸氧机吸入水,静静地滋润我干涸的身体

### 文泰俊(1970— )

1970年生于庆尚北道金泉市,毕业于高丽大学国语国文系和东国大学文化艺术研究生院。1994年凭借《处暑·外九首》获得《文艺中央》新人文学奖,从此登上文坛。2004年获得"东西文学奖""露雀文学奖",2005年获得"未堂文学奖",2007年获得第21届"素月诗文学奖"。

# 关于生女儿那天的回忆

[韩国] 金惠顺 / 薛舟 译

打开镜子进去

镜子里坐着母亲

打开镜子再进去

镜子里坐着外婆

推开外婆坐的镜子迈出门槛

镜子里的曾外婆在笑

我探头去看曾外婆笑开的嘴唇

镜子里比我还年轻的高外婆

转身坐下

打开镜子进去

再进去

继续进去

渐渐变暗的镜子里

端坐着历代的母亲

所有的母亲都冲我

或呼喊或呢喃：妈妈妈妈

嘴唇嗫嚅嚷着吃奶

没有奶水，有人往我肠子里充气

我的肚子比气球

还大，在海上

飘飘荡荡

镜子里面很宽敞

没有半点草芥

闪电偶尔划过我身体

每当潜入海水

所有母亲们的鞋子

悠悠地消融在海底

晴天霹雳。

停电。暗黑天地。

突然，所有的镜子同时涌现在我面前

破碎，吐出一位母亲

几位穿白衣戴手套的人

清扫镜子碎片，举起小母亲

血肉模糊双眼紧闭的母亲

那是我所有母亲们的母亲

她们说,十指健全的公主啊!

---

**金惠顺**(1955— )

韩国女诗人。1979年在《文学与知性》杂志发表处女作《抽烟的尸体》(外四首),正式登上文坛。1992年获得"素月诗文学奖"。1996年,诗集《可怜的爱情机器》获得"金洙暎文学奖"。2006年,《沙女》获"未堂文学奖"。2008年,获第16届"大山文学奖"。另外还获得了"现代诗作品奖"等。著有诗集《从另一个星球》《父亲竖起的稻草人》《一颗星星的地狱》《我们的阴画》《首尔,我的奥义书》《可怜的爱情机器》《你之初》《悲伤牙膏 镜子面霜》等。

# 我不记得我的母亲

[印度]泰戈尔 / 冰心 译

我不记得我的母亲,只是在游戏中间有时仿佛有一段歌调在我玩具上回旋,是她在晃动我的摇篮时所哼的那些歌调。

我不记得我的母亲,但是在初秋的早晨合欢花香在空气中浮动,庙里晨祷的馨香仿佛向我吹来像母亲一样的气息。

我不记得我的母亲,只当我从卧室的窗里外望悠远的蓝天,我仿佛觉得我母亲凝注在我脸上的眼光布满了整个天空。

# 孩童之道

[印度]泰戈尔 / 冰心 译

只要孩子愿意,他此刻便可飞上天去。

他所以不离开我们,并不是没有缘故。

他爱把他的头倚在妈妈的胸间,他即使是一刻不见她,也是不行的。

孩子知道各式各样的聪明话,虽然世间的人很少懂得这些话的意义。

他所以永不想说,并不是没有缘故。

他所要做的一件事,就是要学习从妈妈的嘴唇里说出来的话。那就是他所以看来这样天真的缘故。

孩子有成堆的黄金与珠子,但他到这个世界上来,却像一个乞丐。

他所以这样假装了来,并不是没有缘故。

这个可爱的小小的裸着身体的乞丐,所以假装着完全无助的样子,便是想要乞求妈妈的爱的财富。

孩子在纤小的新月的世界里,是一切束缚都没有的。

他所以放弃了他的自由,并不是没有缘故。

他知道有无穷的快乐藏在妈妈的心的小小一隅里。被妈妈亲爱的手臂拥抱着,其甜美远胜过自由。

孩子永不知道如何哭泣。他所住的是完全的乐土。

他所以要流泪,并不是没有缘故。

虽然他用了可爱的脸儿上的微笑,引逗得他妈妈的热切的心向着他,然而他的因为细故而发的小小的哭声,却编成了怜与爱的双重约束的带子。

# 云与波

[印度]泰戈尔 / 冰心 译

妈妈,住在云端的人对我唤道——

"我们从醒的时候游戏到白日终止。

"我们与黄金色的曙光游戏,我们与银白色的月亮游戏。"

我问道:"但是,我怎么能够上你那里去呢?"

他们答道:"你到地球的边上来,举手向天,就可以被接到云端里来了。"

"我妈妈在家里等我呢,"我说,"我怎么能离开她而来呢?"

于是他们微笑着浮游而去。

但是我知道一件比这更好的游戏,妈妈。

我做云,你做月亮。

我用两只手遮盖你,我们的屋顶就是青碧的天空。


住在波浪上的人对我唤道——

"我们从早晨唱歌到晚上;我们前进又前进地旅行,

也不知我们所经过的是什么地方。"

我问道："但是，我怎么才能加入你们的队伍呢？"

他们告诉我说："来到岸旁，站在那里，紧闭你的两眼，你就被带到波浪上来了。"

我说："傍晚的时候，我妈妈常要我在家里——我怎么能离开她而去呢？"

于是他们微笑着，跳舞着奔流过去。

但是我知道一件比这更好的游戏。

我是波浪，你是陌生的岸。

我奔流而进，进，进，笑哈哈地撞碎在你的膝上。

世界上就没有一个人会知道我们两在什么地方。

# 金色花

[印度]泰戈尔/冰心 译

假如我变了一朵金色花,为了好玩,长在树的高枝上,笑嘻嘻地在空中摇摆,又在新叶上跳舞,妈妈,你会认识我吗?

你要是叫道:"孩子,你在哪里呀?"我暗暗地在那里匿笑,却一声儿不响。

我要悄悄地开放花瓣儿,看着你工作。

当你沐浴后,湿发披在两肩,穿过金色花的林荫,走到做祷告的小庭院时,你会嗅到这花香,却不知道这香气是从我身上来的。

当你吃过午饭,坐在窗前读《罗摩衍那》,那棵树的阴影落在你的头发与膝上时,我便要将我小小的影子投在你的书页上,正投在你所读的地方。

但是你会猜得出这就是你孩子的小小影子吗?

当你黄昏时拿了灯到牛棚里去,我便要突然地再落到地上来,又成了你的孩子,求你讲故事给我听。

"你到哪里去了,你这坏孩子?"

"我不告诉你,妈妈。"这就是你同我那时所要说的话了。

# 恶邮差

[印度]泰戈尔/冰心 译

你为什么坐在那边地板上不言不动的?告诉我呀,亲爱的妈妈。

雨从开着的窗口打进来了,把你身上全打湿了,你却不管。

你听见钟已打了四下吗?正是哥哥从学校里回家的时候了。

到底发生了什么事,你的神色这样不对?

你今天没有接到爸爸的信吗?

我看见邮差在他的袋里带了许多信来,几乎镇里的每个人都分送到了。

只有爸爸的信,他留起来给他自己看。我确信这个邮差是个坏人。

但是不要因此不乐呀,亲爱的妈妈。

明天是邻村市集的日子。你叫女仆去买些笔和纸来。

我自己会写爸爸所写的一切信;使你找不出一点错处来。

我要从 A 字一直写到 K 字。

但是，妈妈，你为什么笑呢?

你不相信我能写得像爸爸一样好?

但是我将用心画格子，把所有的字母都写得又大又美。

当我写好了时，你以为我也像爸爸那样傻，把它投入可怕的邮差的袋中吗?

我立刻就自己送来给你，而且一个字母、一个字母地帮助你读。

我知道那邮差是不肯把真正的好信送给你的。

# 告别

[印度]泰戈尔 / 冰心 译

是我走的时候了,妈妈,我走了。

当清寂的黎明,你在暗中伸出双臂,要抱你睡在床上的孩子时,我要说道:"孩子不在那里呀!"——

妈妈,我走了。

我要变成一股清风抚摸着你,我要变成水中的涟漪,当你浴时,把你吻了又吻。

大风之夜,当雨点在树叶上淅沥时,你在床上会听见我的微语;当电光从开着的窗口闪进你的屋里时,我的笑声也偕了它一同闪进了。

如果你醒着躺在床上,想你的孩子直到深夜,我便要从星空向你唱道:"睡呀!妈妈,睡好。"

我要坐在各处游荡的月光上,偷偷地来到你的床上,乘你睡着时,躺在你的胸上。

我要变成一个梦儿,从你眼皮的微缝中钻到你的睡眠的深处。当你醒来吃惊地四望时,我便如闪耀的萤火似地,熠熠地向暗中飞去了。

当杜尔伽节,邻家的孩子们来屋里游玩时,我便要融化在笛声里,整日价在你心头震荡。

亲爱的阿姨带了杜尔伽节礼物来,问道:"我们的孩子在哪里,姊姊?"妈妈,你将要柔声地告诉她:"他呀,他现在是在我的瞳仁里,他现在是在我的身体里,在我的灵魂里。"

---

**罗宾德拉纳特·泰戈尔** (1861—1941)

印度近代最著名的诗人、作家、社会活动家。他一生创作丰富,写了两千首诗(出版了五十部诗集),十二部中、长篇小说,百余篇短篇小说,还有剧本、论文、游记等。1913年获诺贝尔文学奖。1924年曾访问中国。

# 安魂曲

[蒙古国] 拉哈巴苏荣 / 哈森 译

我采集了鲜花

想铺在

您雪白的脚踝下

我从使您心情舒畅的绿野上

赐万物以清爽的云影下

我不在时也能听到我歌声的

纵情流淌的溪水边

采集了鲜花。

我流着泪

采集了花朵

采集了悲戚之泪水

滴落的

每一朵花。

想要给您铺开鲜花

莫说一个夏季的花朵啊

一个世纪的花朵也不够。

我美丽的额吉啊

鬓角还无一丝白发的母亲!

我哭您

消失在

尘世的真与永恒的

夜晚之间。

我哭您

消失在

星星飞逝的

死亡风暴中。

我欣慰

您融入了千万种植物的根

迎着朝阳生长。

我欣慰

您化作静静的黎明纤尘不染的启明星

闪烁在所有起始之前。

额吉啊

您是诀别的化石之音

您是冷凝的乳汁之热

额吉啊

我是您生命的延续。

# 春月升起时,阿妈在等待

[蒙古国] 拉哈巴苏荣 / 哈森 译

大地听到

鸿雁鸣唱时

春草萌动。

阿妈走出蒙古包

撩开雾霭

把我眺望。

阿妈的眼睛抚慰

分合擦肩而过的

天涯路

始终不出现儿子身影

路

折磨着阿妈的心。

看到远方青山

冷漠的表情

伤心地回家。

失望的阿妈鼓励着自己

熬着清香四溢的奶茶

心里暗暗祈愿

"茶凉之前孩儿必定回家"

"在我走神儿的空当

孩儿会不会已走进毡房"

阿妈心中一闪念

满屋找寻孩儿的身影。

鸳鸯鸣唱时

为湖水喜悦而开怀

青草发芽时为

为原野喜悦而开怀

无常的春风中

阿妈常常在外眺望

寒夜的星空下

她的梦也向外张望。

# 额吉河

[蒙古国] 拉哈巴苏荣 / 哈森 译

> 我慈祥的额吉啊
>
> 影子消失二十载
>
> 串珠般的二十载
>
> 我曾几日怀念她……
>
> ——摘自笔记

源自每一位母亲的胸口

浩浩奔腾的乳汁大河

额吉河

只随着儿女流淌

承受苦难的白色河流

额吉河

和所有母亲一样的

额吉河

只像我母亲一样的

额吉河

※※※

额吉河

温软而苍茫大地的养分

预兆和愿望的火热生命

远方海水的枯涩

从两极蒸发的水

颜色生变的血

忘乎自我的"本"

欢笑与泪水

无限幸福的味道

吸吮时不会哽噎的

液体"黄金"

流入每个人的咽喉

迂回环绕着

存在于每个身体

顺着太阳的轨道

呵护生命的爱河

守着岁月的河流

寻着婴儿的小嘴发涨

孩儿在征途中遇难时

肌肤深处凝固的

伟大思想巨匠


得与失的度母

穿越过去现在和未来

冲淡忧伤之影流淌的

额吉河

世上所有江河

都源自额吉河

世上所有人

都是额吉河金色的小鱼


源自每一位母亲的胸口

浩浩奔腾的乳汁大河

额吉河

只随着儿女流淌

承受苦难的白色河流

额吉河

和所有母亲一样的

额吉河

只像我母亲一样的

额吉河

---

## 巴·拉哈巴苏荣(1945— )

蒙古国著名诗人,1945年出生于中央省温株勒苏木。曾任蒙古国作协主席、蒙古国大呼拉尔议员。曾荣获蒙古国作家协会奖、蒙古国文化杰出功勋奖、蒙古国国家功勋奖以及"蒙古国人民作家"称号。2007年世界诗歌大会上获"杰出诗人"奖。著有诗歌、歌剧、电影、儿童剧、歌词等多种作品集。

## 九十岁,在此之前她从未生病住院

[埃及] 赫迪·赫芭娜 / 倪志娟 译

我想到毕加索

最后的自画像:一个

超大的头颅

连同

尚未被画出的风景

沉甸甸地搁在

潦倒的肩膀上……

他知道他正在

死去,而他充满梦想的

画笔

正在抵抗。


当我看见护士

包扎我母亲的

伤口,

我知道这是一种

恩赐,她已丧失了

视力，
无法看见
覆盖她双腿的
水疮，
正在剥夺她的生命。

她，酷爱画
科罗特的
风景，
雷诺阿微妙的
肤色，他
性感的裸体，
她自己却成为
这样一幅漫画。

她的腿瘦得
像一架起重机。
我不知道，它们
还能承受多久
她的体重。

# 赫利奥波利斯的露天影院

[埃及] 赫迪·赫芭娜 / 倪志娟 译

母亲,你过去常说:
"当新月升起时,让我
看看你的脸:
这个月的每一天
你都要用这个样子微笑。"

我们去露天影院
观看上下集电影。
凉风吹过我们的头发,
我们的脖子,吹动我们的长裙,
就像一块神奇的地毯摇晃着我们。

小贩叫卖着希腊奶酪和芝麻面包,
禁不住诱惑,
我们总会停下,喝一杯冰冻的
柠檬汁,在瀑布般反复升起

又停顿的光中。

人物进入我们自己的
暗箱。
我们从没对他们的年纪达成一致意见：
你会为他们增加几岁，
而我希望他们更接近我的年纪。

我记得有一个多次出现的场景，
现在它已模糊成一个深色的片段，
一个女人——既相似
又不相似——一边打着一个男人的耳光，
一边倒进他的怀中。

我注视着你的脸，
如同点缀夜空的星星，
嘴唇微微张开，
你让自己露出
蒙娜丽莎似的微笑，
与这黯淡的夜色如此协调。

跟随着月亮的踪迹，

我们手挽手，一起走回家。

---

### 赫迪·赫芭娜

出生于埃及的赫利奥波利斯，在埃及和黎巴嫩长大，在贝鲁特的一所医学院获得医学学士学位，在西密歇根大学先后获得英国文学与西班牙文学的双硕士学位，随后又获得西班牙文学专业的博士学位，然后留校任教，教授语言和文学课程。她创作诗歌和小说，也发表了大量关于西班牙和拉丁美洲作家的作品评论，以英语、法语和西班牙语等多种语言出版。

# 给我母亲

[以色列]耶胡达·阿米亥 / 傅浩 译

一

像一架老风车,

两只手永远高举

朝着天空吼叫,

另外两只低垂

制作三明治。


她的眼睛清澈晶莹

像逾越节①前夕。

二

在夜晚她会把

所有信函

---

① 犹太教历尼撒月14—21日,为纪念犹太人在摩西领导下逃离埃及,感谢上帝拯救而设立的节日。

和照片

排排摆起。

这样她就能度量

上帝的手指的长度。

## 三

我想漫步在她的啜泣之间

那深深的干涸河床里，

我想伫立在她的沉默

那可怕的炎热中。

我想倚靠在

她的痛苦

那粗糙的树干上。

## 四

她把我放在——

一如夏甲把以实玛利①放在——

一丛灌木之下。

那样她就不必看我在战争中

死去,

在一场战争之中

一丛灌木之下。

---

① 夏甲是以色列人祖先亚伯拉罕的次妻。亚伯拉罕正妻撒拉不能生育,便叫丈夫与使女夏甲同房,生以实玛利。后因撒拉嫉妒,亚伯拉罕给夏甲一些饼和水,把她和孩子打发走。母子俩在旷野迷了路,水用尽了。夏甲便把儿子放在灌木丛下,放声大哭。上帝听到后,命使者告诉夏甲把孩子抱起,并说必使此子后裔成为大国之民。上帝还使夏甲眼睛明亮。她于是看到一眼水井。上帝保佑以实玛利长大,娶妻生十二子。据说以实玛利是阿拉伯人祖先。

# 和我母亲在一起

[以色列] 耶胡达·阿米亥 / 傅浩 译

我在外面玩耍,总要到母亲
叫我回家。有一回她叫我,
我多年没有回去,
不是因为贪玩。

现在我坐在她面前,
她却像沉默的石头。
我的话语和诗作
全都像一个地毯商、
一个皮条客和一个东奔西走的推销员
油嘴滑舌、滔滔不绝的说辞。

# 母亲和我

[以色列] 耶胡达·阿米亥 / 傅浩 译

多年来你一直忍受着

这沙漠热风,每年两次。


你在体内怀了我九个月。

你在体外用手臂抱了我一年。

啊,现在我的脸多像你的手臂,

我的灵魂多像你裹着绷带的脚

受折磨的皮肤啊。

沙漠热风把我们俩吹得多相像啊,

我们俩都像这片国土。


一九四八年赎罪节,

在回内盖夫沙漠途中,

我来与你坐在这些屋子里,

度过短暂而沉默的一小时,

你给我糕饼,

斋后吃的糕饼,将要

盖满尘土的糕饼,为别是巴

战役准备的糕饼,将变干变碎

帮助我逃脱死亡找到归途的糕饼。

在新公园附近,一块无主地上,

我看见从远处拉来的新鲜黄土。

我看见空铁罐,从前

装着树汁,现在生锈且撕破。

我不知道有谁剩下来爱我们。

我问自己,有多少人

会乐意为我示威,

或在墙下为你上演绝食罢工?

我穿上凉鞋,它把我的脚

分开,像牛的蹄子。

你有时也仍旧不顾脚痛

在节庆日的耶路撒冷漫步。

可是你我正在失去

自由活动。这地方

在我们四周变得太宽广太多余了。

眼瞳凝固了:不为睡眠。

我们将被放进

上帝合上的书里,在那里我们将歇息,

为他标记他读到的页面。

# 我的母亲

[以色列] 耶胡达·阿米亥 / 傅浩 译

### 我母亲死于七七节

我母亲死于七七节,他们正好数完七周斋期,

她的长兄死于一九一六年,是在战争中倒下的,

我差点儿在一九四八年倒下,

而我母亲死于一九八三年。

人人都死于某种命数,

长或短,

人人都在一场战争中倒下,

他们都应得一个花圈、一场悼念仪式和一封

　官方吊唁信。

我站在母亲坟前时

就像在敬礼,

祷告文的硬词儿像一阵排枪

齐射向夏季的天空。

我们把她葬在桑赫德里亚墓园①我父亲墓旁,

我们为她占了地儿,

就像在公交车上或电影院里一样:

把鲜花和石头放在那儿,别人就不会抢她的

   地儿。

(二十年前,这个墓园是

在边界上,面朝敌人的位置。

墓碑是对坦克的有效防御设施。)

可是我小时候这里有一个植物园,

许多花上挂着薄木片标签,

上面用希伯来语和拉丁语写着花名:

普通玫瑰、地中海鼠尾草、

普通尖叫、植绒哭泣、

一年生哭泣、多年生悼念、

红勿忘我、芳香勿忘我、

勿忘我、忘却。

现在她下降

---

① 耶路撒冷城北一墓园。

现在她下降到地里；

现在她与电话电缆、电线、

净水管和不净水管处于同一水平；

现在她下降到更深的地方，

比深还深处，这一切

流动的原因所在之处；

现在她在石头和地下水的层面，

那里潜在着战争的动机、历史的动力、

民族和尚未出生之人的未来命运：

我的母亲，赎罪的卫星，

把大地变成

真正的天国。

---

**耶胡达·阿米亥** (1924—2000)

是公认的以色列最优秀的希伯来语诗人，也是二十世纪最伟大的诗人之一。著有诗集十余种，作品被译为三十余种语言。据说以色列大学生应征上前线时，每人自备的装备是一杆步枪和一本阿米亥诗集。由此可见其诗受欢迎的程度。

# 神奇的往昔时光的女伴 *

[俄罗斯] 普希金 / 汪剑钊 译

神奇的往昔时光的女伴,

我忧伤而戏谑的虚构之朋友,

我在生命的春天与你相识,

那时充满最初的梦想与欢娱。

我等待你;在黄昏的寂静中,

你来了,像一名快乐的老婆婆,

穿着棉背心,戴着大眼镜,

手摇铃铛坐在我的身旁。

你一边晃动着儿童的摇篮,

一边用歌声让我的耳朵入迷,

你在我的襁褓中留下一支芦笛,

这支芦笛被你施了魔法。

童年逝去,像一场飘忽的春梦,

这无忧的少年曾蒙受你的宠爱,

在显赫的缪斯中他只记得你,

---

\* 诗献给普希金的乳母阿利娜·罗季奥洛夫娜。

也只有你在悄悄地探访他；

莫非那不是你的形象，你的打扮？

你的形象改变得多么快速！

你的微笑像火焰般燃烧！

致意的目光仿佛火星在闪烁！

你的外套如同汹涌的波涛，

勉强遮盖着你轻盈的身躯；

你满头卷发，戴着一个花冠，

诱惑者的脑门散发着芬芳；

在黄色的珠链下，雪白的胸脯

微微泛红，轻轻地颤动……

---

**普希金** (1799—1837)

　　俄罗斯最具世界性影响的诗人。普希金的天才在各种文体里都得到了展示，除了让他名满天下的抒情诗、叙事诗以外，他在小说、戏剧、文论等领域都有出色的表现，为其后的俄国文学做出了奠基性的贡献。

# 母亲

[俄罗斯]布宁 / 谷羽 译

我记得卧室和那盏小灯,
记得暖和的小床与玩具,
记得你亲切柔和的声音,
"安琪儿守护着你!"

多少次奶娘替我脱衣,
一边还小声地责备,
而甜蜜的梦使眼睛蒙眬,
我俯在她的肩头瞌睡。

你说天使和我同在,
你画过十字,轻轻亲吻,
你虔诚地为我祝福,
我记得,记得你的声音。

我记得夜晚,小床温暖,

灯挂在昏暗的角落里,

我记得小灯吊链的阴影……

难道天使不就是你?

---

**伊万·阿·布宁** (1870—1953)

  俄罗斯诗人、作家。著有诗集《落叶》、中篇小说《乡村》、长篇小说《阿尔谢尼耶夫的一生》等。十月革命后,侨居法国。1933年获诺贝尔文学奖。

# 风卷着积雪……

[俄罗斯] 叶赛宁 / 谷羽 译

风卷着积雪纷纷扬扬,
空中悬着冻僵的月亮。
我又望见了家园的栅墙
和风雪当中窗口的灯光。

我们四处漂泊,有何需求?
得到什么就把什么歌唱。
我又在家里的餐桌旁边吃饭。
我又看着年迈苍苍的亲娘。

只见她热泪盈眶,热泪盈眶,
安详,沉默,似乎没有悲伤。
她想去端那一只茶杯——
茶杯脱手掉到了地上。

你亲切,善良,衰老,温柔,

你不要难过,不要惆怅,

且让这风雪权作琴声伴奏,
听我说说我是怎样流浪。

有过很多爱,吃过很多苦,
见多识广,周游过许多地方,
为什么我酗酒胡闹那样颓唐?
因为没有人比你更善良。

我脱掉靴子,脱去夹克,
又一次置身暖融融的火炕,
我又复活了,像在童年,
对美好的命运又满怀希望。

而窗外乌烟瘴气的风暴
忽而呜咽,忽而野蛮疯狂,
我觉得院子里的白色椴树
落叶飘零,纷纷扬扬。

# 啊,我吃苦耐劳的妈妈

[俄罗斯]叶赛宁 / 汪剑钊 译

啊,我吃苦耐劳的妈妈,
明天一大早就叫醒我!
我要去到路旁的山冈后,
将一位尊贵的客人迎接。

今天,我在密林里看见
草地上有他宽阔的车辙,
在云彩笼罩的天幕下,
风儿吹拂着金色的车轭。

拂晓,小帽似的月亮落进树丛,
他就要从此地疾驰而过,
那一匹牝马在原野上空
淘气地甩动红色的尾巴。

明天一大早就叫醒我,

在我们的里间点燃一盏灯,

人们在传说,很快呀,

我将成为遐迩闻名的诗人。

我要歌颂你,歌颂我的贵宾,

歌颂我们的火炉、公鸡和茅屋……

你那棕黄色奶牛的乳汁

也将流淌进我的歌曲。

## 在库帕拉节前夕妈妈走遍了森林

[俄罗斯]叶赛宁 / 丁鲁 译

在库帕拉节前夕妈妈走遍了森林,
光脚趟着露水,高高地挽起衣裙。

算卦的野草扎破她没穿鞋袜的双脚,
疼得她在草丛中不知道哭了多少。

突然一阵抽搐,把她的心肝撕裂,
妈妈一声喊叫,就将我生到这世界。

我在歌声中出世,生在柔软的草堆。
春天的朝霞用彩虹缠绕在我的周围。

我长成了一个大人——是库帕拉之夜的
　产物
神奇的夜色许给我即将到来的幸福。

但是现成的幸福却叫我心里不安,

我要去勇敢闯荡,成败不放在心间。

我像白色的雪花,在化冻的碧波中消逝,

由于命定的别离,我埋葬了自己的足迹。

**叶赛宁** (1895—1925)

俄罗斯意象派诗歌最重要的代表。他是一位浪漫气质极为浓厚的诗人,在创作中善于使用色彩的点染,着意于诗歌的绘画美,表达个人复杂多变的情绪感受。他的作品语言清新、自然,节奏明快,意境优美,表达了对乡村生活与大自然的无限眷念。主要作品有诗集《悼亡节》《雏鸽》《酒馆似的莫斯科》《俄罗斯与革命》,长诗《斯涅金娜》。

# 这个夜晚不可赎回

[俄罗斯]曼德尔施塔姆 / 王家新 译

这个夜晚不可赎回。

你在的那个地方,依然有光。

在耶路撒冷的城门前

一轮黑色的太阳升起。

而黄色的太阳①更为可怖——

宝宝睡吧,宝宝乖。

犹太人聚在明亮的会堂里

安葬我的母亲。

没有祭司,没有恩典,

犹太人聚在明亮的会堂里

唱着安魂歌,走过

这个女人的灰烬。

---

① 这是诗人为母亲的去世写的一首挽歌。诗中"黄色的太阳"指向犹太民族的象征性颜色。娜杰日达·曼德尔施塔姆曾说:诗人在母亲死后就"回到了自己的本源"。

但是从我母亲的上空

传来了以色列先人的呼喊。

我从光的摇篮里醒来,

被一轮黑太阳照亮。

---

### 奥西普·曼德尔施塔姆 (1891—1938)

俄罗斯白银时代诗人。一生命运坎坷,1935年5月因为写下讽刺斯大林的诗被捕,流放结束后再次被捕,1938年末死于押送至远东集中营的中转营里。诗人生前曾出版诗集《石头》《哀歌》《诗选》,散文集《埃及邮票》,文论集《词与文化》等。死后多年,其在三十年代流亡前后创作的大量作品才得以出版,并引起世界性高度关注。现在,曼德尔施塔姆已被公认为二十世纪俄罗斯最伟大、最具有原创性的天才性诗人之一。

# 歌

[俄罗斯] 特瓦尔多夫斯基 / 谷羽 译

你听听吧，我亲爱的妈妈，
我的米特罗方诺夫娜，
我自己不记得也不熟悉，
不熟悉这支古老的歌曲。

旋转的唱片在唱针下面
忽然飞出了歌的旋律——
农妇和少女走过草地，
一道去参加收割祭礼。

瞧你蓦然间身体一抖，
我看出你熟悉这支歌曲……
田埂上垂着缕缕麦穗，
黑麦走在田里脚步轻移。

母亲啊，麦田热气蒸腾，

你整天弯腰干活不惜力。
成片的庄稼要赶快收割,
不丢失一点麦秆与麦粒。

农妇的歌,农妇的活计,
手中沉甸甸的镰刀重无比。
隐隐约约听见远处
有个孩子在嘤嘤哭泣。

热烘烘的麦垛下面,
年轻的母亲,你坐在平地,
你沉沉欲睡,轻轻哼唱,
在我的头顶哼唱这支歌曲。

麦地偏远、闷热、沉寂。
麦子等待收割不容迟疑。
你哭什么?是歌曲悲哀?
还是为痛苦的日子忧戚?

还是由于儿子长大成人,

再不能把他搂在怀里?

桌子上的唱机歌声如缕,

年迈的母亲却默默不语。

---

**亚历山大·特里丰诺维奇·特瓦尔多夫斯基**(1910—1971)

苏联著名诗人。主要作品有长诗《瓦西里·焦尔金》《春草国》《山外青山天外天》。曾荣获斯大林奖金、列宁奖金和苏联国家奖金。

# 母亲

**[俄罗斯]叶夫图申科/谷羽 译**

怀抱着婴儿的母亲真美丽,

但孩子由着性子挣扎要离开她。

这是个蛮不驯服的小顽童,

鬓角上挂着亚麻色的卷曲刨花。

他一边吃奶,喝着洁净的素汤,

还说苦道咸诌着胡话,

像又甜又白的糖堆积而成,

他嘴里生出了第一颗乳牙。

母亲由于幸福觉得喉咙发闷,

当她那主宰一切的娃娃,

在瓦盆上坐定,俨然是彼得大帝

端坐王位,肃穆而又伟大。

然而难以察觉的界限该怎么划?——

当孩子假装成一个玩偶,

并且开始戏弄自己的棚,

每一个雀斑都显得顽皮而狡猾。

他这个小小的滑头懂得，

假装抽羊痫风打滚躺下，

折磨母亲就能有求必应，

想要啥就能得到啥。

假如该用乖巧的办法讨要，

就往那粗壮的脖子上面打吊挂，

脑瓜儿里那个捣鬼的巫师

掂量着该流眼泪还是说好听的话。

母亲相信，调皮捣蛋是天真，

哭鼻子抹泪必定有原因——

别人家的孩子无所不为，

自己的儿子决不会弄虚作假。

一旦发现他竟敢当面撒谎，

最神圣的信念顷刻倒塌。

孩子的谎言就像硫酸

烧灼着妈妈痛楚的心。

我们大家早就开始说瞎话，

过去或将来，我和你们

不管欺骗愚弄多少个女人

那头一个受骗的——是母亲。

## 母亲们渐渐离去
### ——致巴斯别洛夫

[俄罗斯] 叶夫图申科 / 谷羽 译

我们的母亲

正一个个离开我们,

她们悄悄离去,

踮起脚跟,

我们却没有觉察这个可怕的时刻,

酒足饭饱,

睡得安安稳稳。

母亲们不是一下子离去,

不,不是的——

感觉突然,只是我们的错觉。

她们走得很缓慢也很奇特,

迈着小步走过岁月的台阶。

某一年心血来潮我们忽然省悟,

热热闹闹为她们祝贺寿辰,

不过这姗姗来迟的孝敬,

既无助于她们,

也拯救不了我们的灵魂。

她们都要走了,

都要离去。

我们从梦中惊醒,

依恋母亲,

难舍难离,

伸出的双手触到的只有空气——

空气中突兀出现了一道玻璃墙壁!

后悔也晚了。

钟声响了,

响得动魄惊心。

我们含着热泪注视

我们的母亲

宛若一根根宁静肃穆的圆柱,

一个个离开了我们,

离开了我们……

### 叶夫根尼·亚历山德罗维奇·叶夫图申科 (1932—2017)

俄罗斯著名诗人,著有多部诗集和长诗,《妈妈和中子弹》获 1984 年苏联国家奖。

# 我记得……

[白俄罗斯]唐克 / 谷羽 译

我记得

母亲上床休息,

总是等孩子们

在火炕上睡了,

等进了窝的鸡睡了,

等挂在房檐下的镰睡了,

等炉灶里冒着烟的火睡了,

等贮藏室里的叉子和掸子睡了,

等对着井水照影子的苹果树睡了,

等白鹳鸟巢上空的云睡了,

等被庄稼起伏摇荡的

田野里的路睡了。

今晚,我怎能入睡?

既然想起了母亲,

一切往事便都醒着,

我的记忆

怎能安然入睡?

# 母亲的手

[白俄罗斯]唐克 / 谷羽 译

土地吻它们

用自己的垄沟,

用沙土的嘴唇,

天空用热气,用风,用雨

将它们亲吻。


不眠的夜晚

细长的纱线

纺进了它们的多少温馨,

早晨,它们多少次点燃美丽的霞光

照耀儿女和亲人!


如今,

它们显现出

暗黑的、深深的皱纹,

纵横交织,像我们走过的道路

在巴掌上留下了印痕。

每当全家回来,

我们的母亲

刚把双手放到桌上,

立刻像有阳光

照亮房间,温暖我们的心。

---

**马克西姆·唐克**(1912— )

　　白俄罗斯诗人。主要作品有诗集《桅杆下》《祈愿人们知道》(获1948年斯大林奖金)、《纳罗奇湖畔的松树》(获1978年列宁奖金)。

# 我的母亲

[亚美尼亚]诺林茨 / 谷羽 译

一只忧伤的鸟儿
每天晚上在我头顶上空出没……
它总是在我的头顶上
往复盘旋……然后缓缓降落。

它洁白而透明。
像一缕轻柔的光线
从暗处照射床铺,
使人坐卧不安,坐卧不安。

它降落——勾起思念。
它柔和地注视。我心乱如麻。
我想向鸟儿打听
妈妈的消息,却得不到回答。

止不住的泪水

不知不觉已湿润了睫毛……

向天空,向夜幕

飞走了我母亲的白鸟。

---

### 瓦加尔沙克·诺林茨 (1903—1973)

亚美尼亚诗人。著有诗集《白色的梦》,三十年代以创作歌词闻名,个人崇拜时期曾受迫害,被迫停止文学创作近二十年。

# 给妈妈的第一封信

[捷克]塞弗尔特 / 星灿 劳白 译

我想好了:把信放在镜子上,

要不——放在针线筐里。

可是真糟糕,我这会儿还不知道:

该写些什么,从哪儿说起。

"亲爱的妈妈,"

我含着笔头,

使劲地想啊想,

大张空白纸在等着我的字行。

"今天是你的节日,我祝你——"

"你"字的头一笔往左撇。

瞧,我已经有了第二行!

快把下面的字写上:

"幸福","幸"字先写一小横,

"和健康!"——可是再往下,不会啦!

脑子里乱哄哄的,

小字儿歪歪斜斜，很不像样。

我把纸撕了，揉成一团，

妈正在摆弄擀面杖，

做着香喷喷的点心和面包

急中生智摆脱困境，

我飞奔到妈妈身边，妈妈把我搂在怀里，

她用眼睛默默地询问我，

又用沾满面粉的双手

把我从地上高高举起。

# 紫罗兰花

[捷克] 塞弗尔特 / 星灿 劳白 译

"下次别再乱花钱啦,
告诉我,这又浪费了多少?"
妈妈这几句话,我已记得烂熟,
她总是这么节省着一分一毫。

"你不如拿它去理个发呢!"
这我知道,她也许还会添上一句:
"明天你又该要个练习本了,
叫我上哪儿去弄钱啊,
如今连一个铜板也不该乱花掉。"

我硬让妈妈收下了
这束蓝色的春花。
她用亲吻回报我时,
嘴唇微微颤抖,
"儿啊,我已经老了。"

她每年一次为这事生我的气,

后来才慢慢地习惯。

当她不小心打碎了花瓶,

便把这束娇美的小花

插在一只小小的芥末瓶里。


墙外钟声敲响,

死一般的静寂使我惊慌。

妈妈的脸颊蒙上了白布,

无声无息地躺着,

她的两腿僵直,

裙子垂落在地上。


我去抬她的手,僵硬冰凉,

手指紧扣在掌心。

我想把花束放到她的手里,

这已是最后一次了,

可是——她却紧扣着指头不放。

### 雅罗斯拉夫·塞弗尔特 (1901—1986)

捷克著名诗人,一生创作了近三十部诗集和散文集。1984年获诺贝尔文学奖。他的诗集《妈妈》在捷克家喻户晓。

# 回忆母亲

[德]黑塞 / 赵平 译

我长久地流落异乡,
积存了许多话要对你讲,
在这漫长的岁月里,
只有你一直把我挂在心上。

望着原想献给你的礼物,
我的手在不住地抖动,
礼物还没来得及寄出,
你就永远闭上了眼睛。

在我潜心攻读的时候,
悲痛却奇怪地不见了踪影,
因为你无与伦比的品德,
早已融化在我的血液中。

# 无常

[德] 黑塞 / 胡其鼎 译

我的生命之树

落叶纷纷。

啊,五光十色令人眩晕的世界,

你多么令人厌,

你多么令人倦,

你多么令人醉!

今天还在燃烧的,

转眼间,就熄灭。

转眼间,风萧萧,

在我褐色的坟墓上,

母亲朝这个小孩子,

徐徐地弯下腰。

我要再见一见她的眼睛,

她的目光是我的星星,

其余的一切都会随风消逝,

一切都会死去,一切都乐于去死。

唯独永恒的母亲常在,

我们都由她而来,

她那戏弄着的手指

在匆匆流动的空气中划着我的名字。

---

**赫尔曼·黑塞** (1877—1962)

二十世纪上半叶著名的德语作家和诗人,原籍德国,1923年入瑞士国籍,有"浪漫派最后一位骑士"之称,1946年获诺贝尔文学奖。

## 献给母亲

[德]贝托尔特·布莱希特 / 黄灿然 译

当她死了他们让她躺在土里,

她上面花儿生长,蝴蝶嬉戏……

她这么轻,几乎没有在土里留下印痕,

她要受多么大的苦,才变得这么轻呀!

---

### 贝托尔特·布莱希特 (1898—1956)

德国作家、诗人,主要以戏剧闻名于世。他创造的"陌生化方法"曾在世界戏剧领域产生巨大的影响。他的诗歌形式简约,有些近似格言,常常富有哲理。主要诗集有《歌与诗》等。

# 伟大的女神

[德]汉斯·马格努斯·恩岑斯贝格/贺骥 译

她缝补,补缀,

朝着破裂的鸡蛋形楦子①俯身,

嘴里咬着一个线头。

她昼夜缝补。

老有新的抽丝,新洞。


有时她也打盹,

只持续片刻,

一百年之久。

她突然醒来,

补啊补。


她变得矮小,

矮小,眼瞎,满脸皱纹!

---

① 鸡蛋形楦子,缝补衣物时用的鸡蛋形状和大小的木头楦子,类似于我国的袜楦。补衣服时将楦子放在衣洞下面,楦子能绷紧衣料而有利于缝补。恩岑斯贝格的母亲全名为莱奥诺蕾·雷德尔曼(1905—2008)。

她戴着顶针摸索

世界之洞,

补啊补。

---

**汉斯·马格努斯·恩岑斯贝格**(1929— )

德国诗人、散文家、小说家、剧作家、翻译家、出版家和政治评论家。著有《豺狼的辩护词》等十五部诗集、《无政府的短暂夏季》等长篇小说和中短篇小说。曾荣获德国最高文学奖——毕希纳奖(1963)。他是一位介入现实的、博学的诗人,其诗歌体现了技巧与倾向的结合以及诗艺与科学知识的联姻。

# 母亲

[德] 埃尔泽·拉斯克－许勒 / 谢芳 译

一颗白色的星星唱着一支挽歌

在六月之夜,

如同六月之夜的丧钟。

在屋顶上云彩的手,

漂浮的,潮湿的阴影的手,

在寻找着我的母亲。

我感觉到了我赤裸的生命,

我脱离了母亲的土地,

它的生命从未如此赤裸,

如此被交付于时间之手,

仿佛我已在白日的尽头

枯萎,

仿佛我站在遥远的黑夜之间

沉落,

被孤独所捕获。

啊上帝!我对童年的疯狂思念!

……我的母亲已经回家。

## 埃尔泽·拉斯克-许勒 (1869—1945)

德国女诗人,表现主义的代表人物,甚至有人称她为"德国所曾有过的最伟大的女抒情诗人"。主要诗集有《冥河》《第七日》《我的奇迹》《我的蓝色钢琴》等。

## 水手的母亲

[英] 华兹华斯 / 黄杲炘 译

冬季一个阴湿的大雾天,
早晨我路上遇见位妇女;
她虽然还没有进入老年,
但看来青春却早已过去。
她举止雍容威严,人挺直魁梧,
风度和步态像一位罗马贵妇。

我想,古罗马精神还活着,
那种古风还在这里呼吸,
我自豪,因为我国养育了
这样坚强而庄重的妇女。
她求我施舍,看来境况很不好;
我又看了看她,依然那样为她骄傲。

我从美好的想象中醒来,
问道:"你带的是什么东西?——

你身上的大氅把它覆盖,

隔开了又冷又湿的空气。"

她一听到我这个问题便回答:

"先生,是个会唱歌的鸟,算不了啥。"

接着她又这样说了下去:

"我有个儿子,他多年航海,

可如今他已经不在人世,

人家呀,早把他抛在丹麦。

于是我辛辛苦苦地长途跋涉,

去看看他是不是给我留下了什么。

"这只鸟和鸟笼都是他的。

他这只会唱歌的鸟,以前

总是给打点得干净整齐;

我儿子出海,常带在身边。

可最后一次出航,他没带这鸟——

可能在他的心头已有了不祥之兆。

"他托同住的人当心这鸟,

请那人给鸟儿喂食喂水,

让它在安全环境里啼叫,

儿子死后,我把鸟儿找回——

我已尽己所能,上帝帮助我吧——

就此带着,因为我儿曾那样喜欢啦。"

**华兹华斯**(1770—1850)

  英国浪漫主义诗人,"湖畔派"的代表。他的主要作品有长诗《序曲》《远游》,组诗《露西》等,他的《我们是七个》《丁登寺》和《孤独的收割人》等抒情诗也很著名。他的诗大多描写湖光山色和田园生活,歌咏大自然的美。

# 立陶宛母亲

[立陶宛]雅尼娜·德古泰特 / 李以亮 译

你来到被烧毁的村庄

跪着将一把灰烬

倒进亚麻头巾

头巾里

藏着你的心。

黑色猎鹰撕开了你的心。

于是你回到家。

你踩着岩石,河流,草。

野生苹果树邀你进入它的树荫。

黑麦白色的耳朵爱抚你的手。

在高高的山上,你的家

脚下隐约一个陌生人来到,这仍未

 诞生之地。


在高高的山上,

你向东、向西弯腰,

向南、向北弯腰,

你解下亚麻头巾,——

一只红色云雀飞进天空。

而你还要纺你的亚麻布,

烘烤面包,

安顿你的孩子睡觉。

---

### 雅尼娜·德古泰特 (1928—1990)

立陶宛著名诗人。出生于考纳斯,1955年从维尔纽斯大学历史和哲学系毕业,是战后出现的新诗人的代表。自1957年起出版过十多种诗集。她长于抒写乡村的苦难和自然的诗意,自成独特的象征系统,在诗艺革新方面有极高造诣。1990年因身患癌症去世。

## 她的手

[波兰] 安娜·斯沃尔 / 高兴 译

母亲弥留之际,

我握着她的手。

在她死后,我焚毁了

她的手触摸过的一切。

唯有自己的手,

我无法焚毁。

## 梦见我死去的母亲

[波兰]安娜·斯沃尔 / 高兴 译

昨晚,

我紧紧搂着母亲。

我们舞蹈

在柔软的草皮上。


我的肉身融化了

像雾

在她爱的阳光里。


两个身躯,两片雾,

欣喜中交织在一起,

就像我出生之前。

她和我

[波兰]安娜·斯沃尔 / 高兴 译

在我出生时,

母亲的血

从腿间流出。

我们俩都在受苦,

她的超过我的。


在她死去时,

母亲的血

从腿间流尽。

又一次,我们俩都在受苦,

又一次,她的超过我的。

---

### 安娜·斯沃尔 (1909—1984)

本名安娜·斯沃尔茨申思卡,波兰女诗人。代表诗集有《快乐一如狗的尾巴》等。她的诗直接,大胆,简洁,异常朴实,又极端敏感,经济的文字中常常含有巨大柔情和心灵的力量,有时还带有明显的女权主义色彩。

# 悲悼

## ——纪念我的母亲

[波兰] 兹比根涅夫·赫贝特 / 李以亮 译

如今,在她头顶,布满植物的根系,褐色的云

咸水里纤细的百合,神殿里细小的沙粒

而她乘水瓶起航,穿过泡沫四溢的星云

在一里之外,是河流转弯的地方

可见——不可见,仿佛波浪上的光线

真的她没有什么不同——她和我们一样被遗弃

### 兹比根涅夫·赫贝特(1924—1998)

波兰著名诗人。生于波兰东部的利沃夫(现属乌克兰),二战中赫贝特参加了波兰地下抵抗运动。1944年他移居克拉科夫,曾在克拉科夫和华沙学习。1956年后相继出版了诗集《光的和声》《对客体的研究》。1968年米沃什将他的诗歌翻译成英语,为他赢得了国际影响。在经过多年与疾病的抗争后,1998年在华沙逝世。

# 越南

[波兰] 维斯瓦娃·希姆博尔斯卡 / 李以亮 译

"女人,你姓什么?""不知道。"

"你多大年纪?你来自哪里?""不知道。"

"你为什么要挖一个地洞?""不知道。"

"你在这里掩藏了多久?""不知道。"

"你为什么咬我手指?""不知道。"

"你难道不知道我们不想伤害你?""不知道。"

"你站在哪一边?""不知道。"

"这是战争,你必须做出选择。""不知道。"

"你的村庄还在吗?""不知道。"

"这些是你的孩子吗?""是的!"

# 出生

[波兰]维斯瓦娃·希姆博尔斯卡 / 李以亮 译

原来这就是他的母亲,

这个瘦小的女人,

一双灰眼睛的创造者。

这就是多年前,他乘着

驶向岸边的小舟。

他所经由

步入尘寰的

小舟。

与我一起赴汤蹈火的

男人的母亲。

原来这就是她,唯有她

在他未完成、并不完整时

就接受了他。

她亲手抓住他、
我熟悉的皮肤,
将他束缚在
躲着我的骨头上。

她望着他的
灰眼睛,
他的灰眼睛,望着我。

原来这就是她,他的阿耳法。
他为什么让我来见她。

出生。
他也有那样的出生。
并且和所有人一样,
和我一样,也会死去。

一个真实的女人生出的儿子。

一个新来者,来自身体的深处。

一个航海者,驶向欧米加①。


倾向于

他的"不在",

在任何地方、

任何时刻。


他的头

顶着一堵墙

而墙永不会退让。


他的行动

回避

普遍的裁决。


我意识到

他的行旅已经过半。

---

① 阿耳法(Alpha),希腊字母的第一个字母。欧米加(Omega),最后一个字母。

但他并没有告诉我,

没有。

"这是我母亲。"

他只是这样说。

---

**维斯瓦娃·希姆博尔斯卡**(1923—2012)

　　波兰著名诗人。生于波兰波兹南省库尔尼克的布宁村。1931年举家迁居克拉科夫,第二次世界大战期间在地下秘密学校完成中学学业。1945年后进入克拉科夫雅盖隆大学攻读波兰语言文学和社会学。1956年后相继出版了诗集《呼唤雪人》《盐》《一百种乐趣》《任何情况》《大数字》《桥上的人们》等诗集。1996年获诺贝尔文学奖。

## 阿姆斯特丹的机场
### ——纪念我的母亲

[波兰]亚当·扎加耶夫斯基 / 李以亮 译

十二月升起,压抑的欲望

在黑而空的花园,

树上的锈和浓浓的烟

仿佛谁的孤独在燃烧。


昨日漫步我再次想起

阿姆斯特丹的机场——

不带房间的狭长走廊,

被其他人梦想充满的候机室

为厄运弄脏。


飞机几近愤怒地撞击

水泥地面,饥饿

如未捕捉到猎物的老鹰。


你的葬礼也许应在这里举行

——熙熙攘攘的人群,

一个未被选中的好地方。


有人不得不照看死者

在机场巨大的帐篷下。

仿佛我们又成了游牧民;

你身着夏装向西游逛,

惊异于战争和时间,

腐烂的废墟,镜子

映射一个渺小、疲惫的生命。


在黑暗里最后的事物闪亮;

地平线,刀子,和每天升起的太阳。

我在机场为你送行,闹哄哄的

低凹处,有廉价的眼泪出售。


十二月升起,甜蜜的橘子;

没有你,不会再有

圣诞节。

薄荷叶抚慰着偏头痛……

在餐馆里你总是

花最长时间研究菜单……

在我们苦修者的家里

你是健谈的女主人,

却那样静静地死去……


年老的神父会念错你的名字。

火车将停在林子里。

黎明时分,雪将飘落

阿姆斯特丹的机场。


你在哪里?

在记忆埋葬的地方。

在记忆生长的地方。

在橘子、玫瑰、雪埋葬的地方。

在灰烬生长的地方。

# 关于我母亲

[波兰] 亚当·扎加耶夫斯基 / 李以亮 译

关于我母亲,我什么话也说不出:

她如何反复说,当我不再与你同在时,

有一天你会后悔的,而我如何不相信

"我不在"或"不再",

我如何看着她读畅销书,

总是从最后一章看起,

如何在厨房忙碌,确信这不是她

合适的位置,她煮星期天的咖啡,

甚或更糟,切着鳕鱼片,

在等客人时研究着镜子,

避免镜面映出她本来的样子(我与她

在所有这些缺陷方面相似),

她又是如何不停尝试

非她所长的事物而我如何愚蠢地

揶揄她,比如,在她

拿自己和贝多芬变聋相比时,

我,竟残忍地说,你知道

他有天赋,而她如何原谅了这一切,

而我记得,如何从休斯敦飞往

她的葬礼,什么话也说不出

直到现在。

---

### 亚当·扎加耶夫斯基(1945— )

　　波兰诗人、小说家、散文家。生于利沃夫(今属乌克兰)。在六十年代后期是波兰新浪潮诗歌的代表人物。1982年移居巴黎。主要作品有《公报》《肉铺》《画布》《无止境》《永恒的敌人》《捍卫热情》《另一种美》等。作品获多种国际奖项。

# 母亲

[芬兰] 戈斯塔·阿格伦 / 北岛 译

在她绷紧的脸上

他们胆怯地看见了沉默。

她对他们有什么要求？品德

与才智？孩子们跑

出去玩。他们

所能给予她的是

残忍与爱。

---

### 戈斯塔·阿格伦 (1936— )

芬兰诗人，出生于芬兰海边一个小村庄，曾在斯德哥尔摩攻读博士学位。主要作品有《力量与思想》《多云的夏天》《黑白之诗》等。

# 改变我的母亲

[荷兰] 拉姆齐·纳斯尔 / 倪志娟 译

将我的母亲变成一座丰腴的白雪花园

奶白色的茉莉与雪白的玫瑰盛开

充盈的声音从深处传来

如同石头中的果实


将我的母亲变成两条没有眼睛的蜥蜴

他冒险成为绿色,抚摸着胸部

她对着他蜷缩,最深的红

某种美也许因此而呈现


将我的母亲变成一只盒子中光的教堂

清晨揭开木盖,倾听

多重合唱,开启一段

失落的庆典


将我的母亲变回她的少女时代,但是这一次

熨斗用更强大的蒸汽托起她

熨平她,或者教给她一些高明的咒语

因为在这具身体中她正濒临死亡

---

**拉姆齐·纳斯尔**（1974— ）

  荷兰诗人、演员和作家。2009年当选为荷兰桂冠诗人。已出版《二十七首诗和无歌》《笨拙地开花》等诗集。

## 悬崖上的孩子

[英]爱德华·托马斯 / 周伟驰 译

妈妈,石块中间的这朵小黄花
根尝起来像奎宁。
今天崖上的事儿有点怪。太阳照得这么亮,
蝗虫的缝纫机响得
这么带劲。有一只跳到了我手上,妈妈,你看;
我躺得这么安静。有一只在你的书上。

不过,我还有更怪的事儿要讲。请你
把书留给蝗虫吧,亲爱的妈妈——
就像缤纷集市上的一位绿骑士——
现在听好了。你能听到我在远处
听到的吗?哪儿的泡沫时不时地曲着
又伸出一只白手臂,像女儿家的。

鱼儿和海鸥不会响铃。在这儿
和德温之间,不会有鱼儿、海鸥响铃的

小教堂或大教堂——听!

在海下面、在天上面的某个地方传来声音。

"是铃铛,我儿,在海湾外

在救生圈上。今天听起来真是甜。"

我没听过比这更甜的,妈妈,没有,全威尔士都没有。

我真愿躺在泡沫底下,

死了,却能听到铃声,

我晓得你会常常来

坐一会儿,高高兴兴地听。

如果能这样,我会很高兴。

---

### 爱德华·托马斯 (1878—1917)

英国诗人,生于伦敦郊区的兰贝斯,牛津大学林肯学院毕业。1915年从军,1917年战死于法国。代表诗集有《爱德华·托马斯诗选》。奥登、拉金等诗人都十分喜欢他的诗。

# 神圣的春天

[英]狄兰·托马斯 / 海岸 译

啊

从爱情之床起身

当那永生的医院给人增添活力抚慰

这垂危的身躯,

毁灭及其缘由

在波涛汹涌的海面上聚集一支部队

横扫我们的伤口和房屋,

我起身迎接这场战争,我绝无真心

只为那片给予我光明的黑暗,

祈求忏悔者以及明智的镜子,却常常看不见

在上帝石化的黑夜之后散发光热,

而我被击中犹如太阳旁造物主一样孤寂。

不

赞美春光下的一切吉祥,

加百列①带来福音,灌木灿烂,柴火焚烧痛楚,

黎明欢快地生长,

大滴大滴炙热的眼泪在哭泣的墙上渐渐地冷却,

我日益丰饶的太阳,

父亲,他的战栗饱含纯火般的婴儿,

祝福,热忱地祝福,

只能孤身承受与歌唱不宁的寂静

独自沉醉于人类紧裹的家园,

祝福母亲以及坍塌在神圣春天里的房室,

哪怕是最后一次。

---

① 加百列,《圣经》记载的天使长之一,是神最为宠信的天使,担负着破坏人间一切污秽事物的职责。加百列曾奉命为耶稣的受胎、诞生和复活等报讯,也亲手为摩西埋葬。加百列坐于神的左侧,暗示其为女性天使,为司转生的天使,引导灵魂转生而使女性受胎。

## 狄兰·托马斯 (1914—1953)

英国诗人。著有《笔记本诗抄》(1930—1934)、《诗十八首》(1934)、《诗二十五首》(1936)、《爱的地图》(诗文集,1939)、《死亡与入口》(1946)、《梦中的乡村》(1952)及《诗集》(1934—1952)。他一生创造性地运用各种语词手段——双关语、混成语、俚语、隐喻、转喻、提喻、悖论、矛盾修辞法以及辅音韵脚、断韵、谐音造词法及词语的扭曲、回旋、捏造与创新——以超现实主义的方式掀开英美诗歌史上新的篇章。

# 期待中的母亲

[英]佩尼洛普·夏特尔 / 王恩衷 译

在宁静中,

子宫,

躲避我

躲避镜子,

胎儿手腕和心脏的

根须

蜷缩在我的体内。

它们属于我的孩子,

属于我的铸品,

一件缀满星星的羽衣。


我赤脚绕房子

走了一周

一根温暖的血带

把我和我的孩子系在一起


雨下在花园里,碑文上

而我抓住雨的边沿。

我是一只器皿

其他的雨，羊膜液，在这里积聚，

供在这里设官邸的那位

享用。

我想着未出生的眼帘无声的作用

以及我隆起的乳房的宁静，

力量温暖的运动。

一个名字已经在暗示他的音节，

但这仍然是秘密，

一个鱼尾形的阴影，

昼与夜之间的一声轻语。

---

### 佩尼洛普·夏特尔（1947—　）

　　英国女诗人。十四岁开始写诗，十七岁发表第一部小说，1980年出版诗集《果园中的小楼》（牛津大学出版社）。她的诗颇具新意，依靠视觉和色彩意象来产生效果，带有一种魔幻色彩。她的作品像一幅幅抽象画，只能感觉，不易（也许不可能）理解。其实，她的诗与其说注重对画面的描绘，不如说更注重创造一种气氛，并让读者也置身于其中。

# 岸

—— 致我的母亲

[法]勒芒 / 树才 译

她坐着

坐在她的四十公斤里

面朝大海


大海宽阔得

如同她向自己提出的问题。


我想象

在死亡面前。


她坐着坐在双目之下

坐在天空之下


她的眼睛在看

在看护她所看的

她的手中

她到彼岸时才会打开它


就像一个孩子

对着太阳,对着伙伴

才会展示她手中的玻璃球


她的眼睛

延伸到天边


一直延伸到

不可收回之点。


她坐着

坐在她的四十公斤里

坐在她的八十二岁上


她最后一次

凭着大海

确认地球的一圈

凭着她的眼睛

她在海上行走。


她撞到了海平线

为了

给大海


打开天空之门。


她准备着

在末日的那一天

第一个抵达。


---

### 伊冯·勒芒（1953— ）

　　法国诗人，出生于布列塔尼，一直生活在该地一个叫拉尼翁的小城，发起组织名为"诗歌的时光"的文学交流活动。他的诗歌单纯、朴素，喜欢从孩子的视角来看世界，用一种纯真的口吻诉说内心。

# 一个母亲的死亡

[法]亚兰·波司盖 / 罗大冈 译

你去世了,我的母亲,这使我感到轻松。

三十年来,你一直在向我的生活战斗:

在你心目中,我本该停留在一个赌气孩子的

 状态,

我唱歌走调,常常捕捉一些小甲虫送给你。


这个孩子喜欢在上拉丁文课时,你的双手

抚摸他的头发。后来我投笔从戎了。这是我的错。

再往后,我接受了成人的年龄,

我娶妻成家。这是我对你最大的不忠。


我写了一部小说,拉开我们两人之间的距离。

为了使你远离我,我虚构了多少人物?

你的呜咽啼泣,你血管里形成血栓。


到一定时刻你自寻短见。多少次努力

为了引起爱和恨!

我在她的木乃伊身上保留我的温爱。

---

**亚兰·波司盖** (1919—1998)

  法国诗人。"你去世了,我的母亲,这使我感到轻松。"这一令人震撼的诗句让许多读者记住了他。主要诗集有《语言与眩晕》等。

# 忆母亲

[西班牙]卡门·孔德 / 赵振江 译

是的,你是母亲的骨骼,

然而你的声音已不是她的声音。

她的记忆包围着你……

她年轻的体态,她的欢喜,

那给我以生命的活力!

她的话是我的路标。

那高昂而颤抖的声音

在你的声音里死去。

而你的头发……你的眼睛在哪里?

那照亮我的光芒又在何方?

它们像没有夏令的果实已经枯黄。

我已经看不见你的眼睛,

它们也不再为我指引方向,

这可是我曾经吮吸

现在已无法呼唤的乳房?

这已然昏睡的肌体

可是那缔造我的身躯?

母亲啊,你已没有重量!

我在坚硬的双腿中将你摇晃。

让你倚在我的怀里,宛如女儿一样。

用良心将你赋予我的母爱报偿。


你多么痛苦!你意外的衰老

像分娩一样撕裂着我。

我的血的身影在你的身旁……

你们使我得到孕育的爱

还在我的血管里回响。


你的身躯是我所接触到的最大的温暖,

你的帮助曾一直充满我的心间。

生活中,良知、忠贞和健康属于你。

可现在你像孩子一样来到我面前:

既不微笑也没有任何心愿!

## 卡门·孔德 (1907—1996)

西班牙女诗人。诗歌作品主要有《井栏》(1929)、《语言的激情》(1944)、《对恩赐的渴望》(1945)、《没有伊甸园的女人》(1947)、《被照亮的土地》、《女儿的独白》(1959)、《在逃亡者的世界》(1960)、《在永恒的此岸》(1970)、《恋人的歌》(1971)、《与生命的约会》(1976) 等。

# 母亲的眼睛

[西班牙] 贡恰·拉戈斯 / 赵振江 译

那是一双无限温柔的眼睛。

我第一次

说这样的话,这样放开喉咙。

今天它们重又注视着我

从冥冥中

倾泻着悲伤的感情。

我躺在床上

沉浸在思绪万千的不眠中。

她夜晚的月亮!

没有岸也没有波涛的海洋。

突然,

她的目光浸着柔情深入我的眼睛。

她就在那里,我身旁,

宛似固定在时间上。

肯定，就在这个瞬间，

我想到那双眼睛的无限，

因为从那时起，

语言来到我的唇边，

而此时，

它们在我不眠的夜晚，

就像多少次，

我隐约听到的叫喊：

"那里所有花都是蓝色

但开放时却各有特点。"

我不知是谁说的，

却记得

我能想象花儿的侧影：

似锚，似罗盘，似星星，

似百合，似吊钟；

小小的心儿没有茎，宛似在飞腾。


那是一个鲜花盛开的光明的花园……

它留在了夜的海洋中，

宛似面孔和人声。

宛似母亲的眼睛。

---

## 贡恰·拉戈斯（1913— ）

西班牙女诗人。主要诗作有《阳台》(1954)、《疲惫的心》(1957)、《上帝的水》(1958)、《清澈的小溪》(1959)、《正月的月亮》(1960)、《拍打寂静》(1961)、《船上的歌》(1962)、《为了开始》(1963)、《纪年》(1966)、《一个男人的日记》(1970)、《围栏》(1971)、《奇遇》(1973)、《繁荣的哥特式》(1976)、《一个相册的哀歌》(1982)、《在孤独的背后》(1984)、《织布机》(1988)、《第三个三部曲》(1993)、《逆时的独白》(1994) 等。

# 海、海和海

[葡萄牙]埃乌热尼奥·德·安德拉德 / 姚风 译

你问我,但我也不知道

我同样不知道什么是海。

深夜里,当我反复阅读一封来信

也许从我眼中滴落的一滴泪水就是海。

你的牙齿,也许你的牙齿

那细小洁白的牙齿就是海,

一片小小的海,

脆弱,温柔,透明,

但没有音乐。

每当一个连一个的浪涛

在我的躯体上撞碎它的躯体,

显然是母亲在把我呼唤。

此时海就是爱抚

湿润的光亮

唤醒我青春的心脉。


有时候海是一个洁白的影像

在礁石间闪闪发光。

我不知道海水是在凝视

还是在透明的贝壳间把亲吻寻找。


不,海不是晚香玉,也不是百合花。

它是一个死去的少年

张开嘴唇去迎接浪花的嘴唇。

它是血液,

一束光芒隐藏其间

为的是与沙滩上另一束光芒热恋。


一块明月锲而不舍,

拖曳着夜幕冉冉升起。

母亲的发松开了,

漂散在水中

正是来自我心灵的一阵轻风

把母亲的头发轻轻梳整

海重新变小,重新归我拥有,
美丽的银莲花,在我的手指间绽放。

我同样不知道什么是海。
我赤脚站在沙滩上,
翘首等待黎明的到来。

---

**埃乌热尼奥·德·安德拉德** (1923—2005)

  被公认为葡萄牙当代最重要的抒情诗人,多次被提名为诺贝尔文学奖候选人。他1942年发表处女作《纯洁》,自此从未终止写作,共发表了三十多部作品。其作品已被译成三十多种文字,广受欢迎。他的主要作品有《手与果实》(1948)、《水的前夜》(1937)、《大地走笔》(1974)、《鸟的门栏》(1976)、《阴影的重量》(1982)、《白色中的白色》(1984)、《大地的另一个名字》(1988) 等。

# 母亲,我没有忘记你

[意大利] 维瓦尔迪 / 钱鸿嘉 译

母亲,我没有忘记你,
你曾对我说过:"风儿
生在山中,然后吹到海里,
你和风儿一起诞生。"

天冷,是一个寒冷的十月,
床后有一扇大窗,风儿抽打着它,
天上是一望无际的白云,
告诉我,你是不是在风中死去?

我的心,和风儿一起已走得太多,
我在海中找到你的脸,我知道你死了,
我找到你的心,又苦又甜,在这一粒粒
　　酸葡萄里,

而在云层里,我找到你那没有尽头的手

（我知道你死了）——

而我心中，则是金刚石般的一滴眼泪。

## 切萨雷·维瓦尔迪 (1925— )

意大利诗人。代表作有《和影子的对话》《里古利亚之诗》等。

# 祈求母亲

[意大利] 比·保·帕佐里尼 / 钱鸿嘉 译

任何违心的话语,

做儿子的实在很难说出。

世上只有你一人知道,我的心里

在任何别的爱情面前,经常想什么东西。

因此,我应当告诉你一些可怕的事实:

我的痛苦,产生于你的仁慈。

你是不能替代的。正因为如此,

你赐给我的生命注定寂寞无比。

可我不愿寂寞。我渴望爱情,

渴望肉体之爱,而没有灵魂。

因为灵魂在你里面,这就是你,

可是你是我的母亲,你的爱就是我的奴隶。

我度过童年,屈膝于这种高尚的、不可救药的
情操之中,屈膝于一种巨大的义务里。

这是体味生活的唯一途径,唯一色调,
唯一的形式,现在——已经完了。

我们侥幸地活下来,在生命
越出理智而新生的一片混乱之中。

我祈求你,唉,祈求你,别死去。
我在这儿,单独与你在一起,在未来的四月……

### 比埃尔·保洛·帕佐里尼 (1922—1975)

意大利诗人、小说家、评论家和导演。写过不少优秀的政治诗,其中《葛兰西的骨灰》为其代表长诗。1975年12月2日被人谋杀。

# 致母亲

[意大利] 夸西莫多 / 吕同六 译

"啊,最亲爱的妈妈,
朦胧的暮色此刻已愈来愈浓,
纳维利奥河水在冲刷堤岸,
树木浸泡在水里浮肿了,
裹着寒冷逼人的白雪;
我在北方并不忧伤,
心里纵然时时失去平静,
但我对于任何人扪心无愧,
许多人却理应向我请求宽容。

"我晓得,你如今体弱多病,
你像所有诗人的母亲那样生活,
忍受着贫困的煎迫,
又深深眷恋着浪迹天涯的儿子,
今天,我终于拿起笔给你写信了。"

我的儿子到底寄来了

一封简短的家书,

你一定会这么说。

当年他身穿一件又短又小的外衣,

几首小诗揣在口袋里,

在茫茫夜色中出走了。

可怜的孩子,

他的心肠过于热忱,

有朝一日,会在什么地方

遭到别人的算计。

"是的,我依旧记得,

别离的那一天,

在灰蒙蒙的车站,

临近伊梅拉河口,

那里有许多喜鹊、桉树和盐,

火车慢悠悠地卸下

扁桃和柑橘,

我登上了离乡的路程。


"可我如今多么感激你,

多谢你把嘲讽的微笑

赐予我的嘴唇,

它像你的嘲讽一般温顺。

这微笑使我战胜悲泣和苦痛

倘若我为你,

为所有像你一般茫然等待的父老乡亲

洒下思念的泪水,

这实在没有什么要紧。


"啊,高贵的死神,

莫要去触动

厨房墙上滴滴答答走动的摆钟:

它那四方的瓷轴钟面,

彩绘的鲜花图案,

是我的全部童年的见证,

啊,莫要去触动

老人们的手儿和心脏。

或许会有谁回答我的请求?

啊,当然不是那纯洁、可怜的家庭中

游荡的死神。

啊,别了,我的亲人,

别了,我最亲爱的妈妈。"

# 重归

[意大利] 夸西莫多 / 李国庆 译

诺沃那广场夜色茫茫,

我独自躺在石凳上,

双眸凝视疏密的群星,

悒郁的心寻觅安宁;

小时,我也曾在普拉达尼河滩,

观赏这闪烁的星星,

黑暗中把祷词诵吟。

踏着记忆的足迹,

我又回到阔别的故乡:

那蕾衣草、桂竹、生姜,

依然晾晒在席上,

散发出一阵阵芳香。

我和你,妈妈,

坐在角落里,躲在阴影中,

我渴望把"浪子回头"的故事

轻轻读给您听;

这故事仿佛音乐的旋律

寸步不离,

默默地把我伴随,

纵然驱赶也徒劳、无用。


流失的童年一去不复返。

自由的道路向我召唤,

在黝黑的夜里我匆促离开家乡,

无暇安慰我慈爱的亲娘,

我怕拂晓时妈妈凄楚的眼泪。


啊,生活的道路,

赋我以诗和歌;

那丰满的麦穗,

那洁白的花朵点缀的橄榄园,

那浅蓝色的亚麻花、水仙花;

更有那西西里的夜,

乡间小道尘土飞扬,

辗转的车轮发出寂寞的音响,

赶车人悠然哼着小调,

摇曳不停的马灯啊,

它那暗弱的光,

犹如萤火虫闪烁的光亮。

---

### 萨瓦多尔·夸西莫多 (1901—1968)

意大利诗人。代表作有《水和土》等。获 1959 年诺贝尔文学奖。

# 是你……

[斯洛文尼亚] 托马斯·萨拉蒙 / 高兴 译

是你,全部的你,是你

你抱住我,于是,我活着

于是,一声咒语,我的剑断裂,

希望时刻的死亡断裂

我杀戮野兽,于是,你刺瞎我的眼

于是,光照耀沙漠,雪崩照耀毒牙

于是,火在海的中央燃烧,水在睡梦里燃烧

于是,光亮和深渊显现,被屠杀者的数字显现

白汽艇被钉进法律

手臂被安在肩膀上

你在,母亲,于是,空气就不会破碎,灵魂
  就不会淹没

于是,我在瘟疫后闪烁,站得笔直

### 托马斯·萨拉蒙 (1941—2014)

斯洛文尼亚诗人,被公认为中东欧当代诗歌的代表人物。他是个艺术幻想家,又是个语言实验者。他注重诗歌艺术,但又时刻没有偏离生活现实。在诗歌王国中,他豪放不羁,傲慢无礼,鄙视一切成规,沉浸于实验和创新,同时也没忘记社会担当和道德义务。出版过《蓝塔》等几十部诗集。

# 母亲

[罗马尼亚] 安娜·布兰迪亚娜 / 高兴 译

母亲,我的第一座坟墓,

滚烫的漆黑,

当我急切而又愚蠢地离去时,

她的每一块碎土

都徒然地

予以抵制。

你会原谅我的复活吗?

仓促的复活将我同你撕开,

为了让我走近另一次死亡,

犹如从光明进入光明。

寒意愈来愈重,

陌生世界震撼着我的心灵,

我一步步攀登,身后的路自行抹去。

离你已如此遥远,

遥远得可以建造无数座教堂,

传递我们间的祈祷。

### 安娜·布兰迪亚娜（1942— ）

罗马尼亚女诗人。已出版《复数第一人称》《脆弱的足跟》等几十部诗集。她是目前罗马尼亚诗坛上最活跃的女诗人。她的诗在罗马尼亚拥有广大的读者并多次在国内外获奖。布兰迪亚娜的诗纯朴、细腻、自由自在，透明但并不简单，有浓厚的神秘气息，善于用最简单的词语和意象表达深沉的情感和深邃的思想。

# 祈祷

[希腊] 卡瓦菲 / 黄灿然 译

大海把一个水手吞到深处里。

他的母亲不知道,照样在

圣母马利亚面前点燃一根高蜡烛,

祈祷他尽快回来,祈祷天气好——

她竖起耳朵听风。

她祈祷和恳求时,

那圣像听着,庄严而忧伤,

知道她等待的儿子是永远不会回来了。

---

康·彼·卡瓦菲 (1863—1933)

希腊诗人,长期生活在埃及亚历山大。

# 母亲

[加拿大]欧文·莱顿 / 汤潮 译

当我看见冰冷的枕上母亲的头颅
瀑布般的白发倾泻在她沉陷的双颊上
想起她曾爱过上帝,也放肆地诅咒过上帝的
  创造物
悲哀在我的心头悄悄地萦绕回荡。

她嘴里最后吐出的不是水却是诅咒,
一个小小的黑洞,宇宙间一处黑色的裂纹,
她诅咒绿色的大地、星辰和悄然无语的树木
以及那不可逃避的日益衰老。

我记得她不曾有过安适,只有伤时骂世、
无知、得意等等;我相信
她曾无休止地夸耀过自己的黑眉毛,眉毛的
  浓密,
直到惯于剽窃的死神躬下腰把它们拿去装饰

自己。

我将无法复得她毁坏了的尊严

以及她冥顽狭隘的心中愤怒的火焰,

此刻无人再会摇动那琥珀珠链骂上帝是瞎子,

或是戴在她一度那么热情奔放的胸前。

呵,她曾是那样地疯狂、吝啬、刻板,

然而我此时想起了她那晃动的金耳环,

耳环发出的自豪肉欲的断言和她充满青春活

　　力的歌声

而这时她红血管的河流全都涌向了海洋。

**欧文·莱顿** (1912—2006)

　　加拿大诗人,自称为二十世纪最伟大的诗人,偏爱于写政治诗,追求奥顿的风格,是加拿大诗坛上引人注目的人物之一。

# 暴风雪

[加拿大]洛尔娜·克罗奇 / 倪志娟 译

走进风里,缩在母亲的麝鼠大衣中;
袖口的一圈毛已被她的手腕磨掉。

如果我们停下,我们就会消失。分不清上和下,
分不清房屋和点亮的灯。只有风声

和我们内心的声音。父亲也许在家,
也许不在。不会有谁来寻找我们。

我可以躺下,待在这里,任雪花
飞舞。我们沉默着,并不感到孤单,只是因为冷,

无法开口说话。母亲拉着我,不让我躺下。
然后,她停下来辨认方向。在星星的屋宇下,

我们不知道,是否有谁

能理解我们所说的话,我们离家如此遥远。

---

### 洛尔娜·克罗奇 (1948— )

加拿大著名女诗人,曾获加拿大总督奖、加拿大作家协会诗歌奖等重要奖项。目前任加拿大维多利亚大学创作系主任。主要诗集有《内心的天空》(1976)、《人和野兽》(1980)、《没有我们,花园将继续存在》(1985)、《创造老鹰》(1992)、《光带来一切》(1995)、《忧伤时刻》(2007) 等。

# 我的母亲

[加拿大] 乃里冈 / 周海珍 译

有时她将素手放在我的头上面,
白皙犹如洁白卷曲的花边。

她吻我的额角给我温柔的话语,
那金色的噪音充满无限的忧郁。

我的梦幻浸染着她的双眼,
这诗,母亲啊,醉入我心田!

伏在她脚下噙着泪向她致意,
不论何时,在她面前我总是孩子。

# 对着母亲的两幅肖像

[加拿大] 乃里冈 / 周海珍 译

妈妈,我多爱你这张从前的相片,
你还是姑娘,脸颊上露出自豪,
额角如百合,双目在燃烧,
好像炫目的威尼斯镜子一般!

我简直不敢相信这就是我母亲,
美丽的大理石前额已刻下皱纹,
早已失去了那柔情似水的丰韵,
早已过去——玫瑰色诗篇的婚姻。

如今比较两幅肖像我十分惆怅,
这幅有幸福光环,那幅只有忧伤,
如金色太阳如薄雾在暮年回荡。

心灵的奥秘使人多么惆怅!
我如何微笑,在凋谢的嘴唇边?

我如何流泪,在含笑的肖像前?

---

### 艾米尔·乃里冈 (1879—1941)

加拿大魁北克诗人。他的诗感情细腻真挚,富于音乐性。

# 寡妇的春愁*

[美]威廉·卡洛斯·威廉斯 / 傅浩 译

忧愁是我自家的庭院,

其中新草出苗

如火,一如往常如火

出苗,但今年

却没有那冷火

从四周逼近我。

我与丈夫生活了

三十五个年头。

李树今天很白,

开了好多的花。

好多的花

挂满樱桃树枝

把有些灌木丛染

黄,有些染红,

但我心中的哀伤

---

\* "我对母亲心中所想的想象"(约翰·C.瑟尔沃尔的笔记)。

比花朵繁盛；

虽说从前花朵令我

愉悦,但今天我注意到它们

又转身就忘掉。

今天我儿子告诉我,

在远处,茂密的森林

边缘,那草地

中间,他看见

一棵棵树挂满白花。

我觉得想要

去那里,

跌入那花丛中,

沉入近旁的沼泽里。

# 画作 *

[美] 威廉·卡洛斯·威廉斯 / 傅浩 译

始于黑色或

终

以黑色

她的败笔还在

一绺

精致的

金色鬈发依

巴黎大学

所授之法

这是她最后的

---

\* 诗人的母亲艾莱娜·欧埃伯·威廉斯生长于西班牙圣多明戈,于 1876 年赴法国巴黎学习绘画,三四年后因家庭经济困难而辍学;1882 年与威廉·乔治·威廉斯结婚,定居于美国新泽西州小城拉瑟福德;1949 年去世。诗中所提及的画作曾一直悬挂在诗人的客厅里。

清晰

动作


一幅儿童

肖像

对此


她漠不关心

画得

很美


然后她结婚了并

移居到

另一个国家

---

### 威廉·卡洛斯·威廉斯 (1883—1963)

美国诗人,最初与庞德的意象主义运动有关,后来自成一派,发展成融形式与意义为一体的客观主义,认为"事物之外别无观念"。著有诗集多种、长诗一部、评论集一部、自传一部、长、短篇小说若干。被公认为惠特曼以后最有影响的真正具有美国本土风格的诗人。

# 母亲

[美]格温朵琳·布鲁克斯 / 傅浩 译

一次次流产不会让你忘却。

你记得你得到的却又没有得到的孩子们,

生有少许或没有毛发的湿软小肉团,

从未接触过空气的歌手和工人们。

你永远不会不理睬或责打

他们,或让他们安静或用糖果堵他们的嘴。

你永远不会裹起吸吮拇指的小家伙

或撵走前来的鬼怪。

你永远不会离开他们,控制着你的甜美的叹息,

回来为他们做一顿快餐,带着咯咯叫的母亲
  的眼神。


我在风声里听见了我的模糊的被杀害了的孩
  子们的声音。

我收缩过。我哄过

我的模糊的宝贝儿,用他们永远不能吸吮的

乳房。

我说过，心肝儿，假如我犯了罪，假如我从
　　你们

未完全的伸展

夺取了你们的幸运和你们的生命，

假如我窃取了你们的出生和你们的名字，

你们纯净的婴儿泪和你们的游戏，

你们做作的或美好的爱情，你们的吵闹，你
　　们的婚姻、痛楚和你们的死亡，

假如我污染了你们最初的呼吸，

请相信甚至在我故意的时候我也不是故意的。

尽管我为什么要哭诉，

哭诉那罪行不是我的？——

既然不管怎么说你们已经死了。

或者换句话说，

你们从未被造就。


但是，恐怕这也是

错的：呵，我说什么好，实情怎样才能说出？

你们被生出来，你们有身体，你们死了。

只不过你们从未吃吃笑过或盘算过或哭喊过。

相信我,我爱你们每一个。

相信我,我认识你们,尽管模糊不清,我爱过,

我爱你们

每一个。

---

**格温朵琳·布鲁克斯** (1917—2000)

  美国女诗人。1945年出版第一本诗集《布朗兹韦尔的一条街》。1950年以诗集《安妮·艾伦》获普利策诗歌奖。

# 母亲的习惯

[美] 妮琪·乔万尼 / 傅浩 译

我母亲的习惯

我都有

我在半夜醒来

抽支香烟

我极怕坐飞机

我也不喜欢独自

待在黑暗里

睡觉是我们都

参加的运动

是青年人的苦恼

老年人的必需

虽然它只使日子过得更快

当衰亡不可避免时

我变得心灰意懒

就像我母亲那样

一句话也不说

连我在乎也不说

就像我母亲一样我将消逝

在我梦里

也不再

在乎

---

## 妮琪·乔万尼（1943— ）

　　美国女诗人，本名约兰达·科内莉亚·乔万尼，被誉为"黑人诗歌公主"。她自称是个人主义者。人如其诗，美丽、率真、富有魅力；诗如其人，单纯透明、任性纵情、嬉笑怒骂、惊世骇俗。她声称为黑人写作，认为白人无法理解"黑色的情感"。

# 给玛格丽特*

[美]斯坦利·摩斯 / 傅浩 译

我母亲临死

白得像羽绒。

我曾以为她的死遥远得

像热带鸟,金刚鹦鹉,无论那是什么——

像遥远的穷人一样

与我少有关系的一件事。

我找到她的痛苦的一根羽毛,

像她从前吹进我脖子和耳朵里那样

轻轻地吹它。


一根羽毛在天平上,

与重物,而不是魂灵,对称。

我记得烧羽毛的气味。

我希望我们可以坐在草坪上,

谈论孙辈

---

\* 玛格丽特,摩斯的母亲。

和重孙辈。

一条蠕虫引导我们进入地下。

我们长相相似。

我给她唱一首催眠曲,唱她的孩子

和孩子的孩子,他们都安全。

我在草地上铺一张有威尼斯

蕾丝花边的最白的亚麻桌布。

风来了,带着它的歌,

咏唱给予的东西被夺走,

又以另一种形式给予。

为什么穷人在树林里

呱呱,呜呜,唧唧地尖叫?

我希望死神是一只夜枭,

我知道名字的第一只鸟。

为什么一切都那么沉重?

我不认为

她还在帮我承载

我人生的重负。

现在世上的穷人就在我眼前。

我怎能把他们一一抱起在怀里?

---

**斯坦利·摩斯**（1925— ）

犹太裔美国诗人。著有诗集《错误的天使》(1969)、《亚当的颅骨》(1979)、《云的消息》(1989)、《睡在花园里》(1997)、《颜色的历史》(2003)、《上帝让所有人心碎得不一样》(2011)、《没有眼泪是寻常物》(2013) 等。

# 圣诞夜

[美]安妮·塞克斯顿 / 倪志娟 译

哦,炫目的宝石,我的母亲!

我无法计算

你全部的表情与心情的价值——

我丧失了的礼物。

可爱的女孩,我的冥床,

我手上戴着珠宝的小姐,

你的肖像被树上整夜闪烁的

灯泡照耀。

你的脸,平静如月亮

俯瞰矫揉造作的大海,

主持这家庭聚会,

以前你抱在手上的

十二个孙子,

一个三个月大的婴儿,

一张你从未填写过的巨额支票,

跳着摇摆舞的红发小孩，

你已成年的女儿们，都做了妻子，

都谈论着家庭烹饪，

都回避你的肖像，

都模仿着你的生活。


后来，在聚会结束之后，

在房子入睡之后，

我坐下来，喝圣诞节的白兰地，

凝望着你的肖像，

让圣诞树移进又移出焦点。

灯泡摇摆着。

它们是你额头的一个光环。

它们是一个蜂窝，

蓝色的，黄色的，绿色的，红色的；

每一个灯泡都带着它自己的汁液，

每一个都热情而生动地

蜇着你的脸。但你一动不动。

我继续等待，强迫自己，

等待，没有尽头的三十五岁。

你的眼睛,像两只小鸟的阴影,

我渴望它们有所改变。

但是它们没有年龄。

那吸引我的微笑,睿智,

迷人,无可匹敌。

一个时辰又一个时辰,我看着你的脸,

但我不能从中拔出根。

于是我看着太阳如何照亮你的红毛衣,你枯萎的脖子,

你被画得糟糕的、肉红色的皮肤。

你牵引着我,让我如你所是的那样看你

于是我想到你的身体

就像一个人想到谋杀——


于是我说玛丽——

玛丽,玛丽,请原谅我,

于是我抚摩送给孩子的一件礼物,

这是你死前我生育的最后一个孩子;

于是我抚摩我的乳房,

于是我抚摩地板,

于是我的乳房,不知何故,

好像再次变成了你的。

# 梦见乳房

[美]安妮·塞克斯顿 / 倪志娟 译

母亲,

在你女神般陌生的面孔下,

躺着属于我的乳房,

那柔软的避难所,

我吃光了你。

我所需要的

是将你当作一顿饭。


我在梦里

记得你给我的:

抱着我的有雀斑的胳膊,

回响在我羊毛帽上的笑,

为我系鞋带的充血的手指,

像蝙蝠一样悬挂着的两个乳房,

忽然递过来,

迫使我弯下腰去。

我熟悉的乳房,在午夜

像海浪一样拍打着我。

母亲,我将蜂蜜放在嘴里,

阻止我去吃。

但是毫无用处。

最后,他们切掉了你的乳房,

乳汁

流进外科医生的手里,

他捧着它们。

我从他手里接过来,

将它们种在地上。


母亲,亲爱的死人,

我用一把锁将你锁住,

让你巨大的铃铛,

那些亲爱的白色矮种马,

能够奔驰,奔驰,

无论你在哪里。

## 安妮·塞克斯顿 (1928—1974)

出生于美国麻省,美国自白派代表诗人之一。生前饱受精神病折磨,以诗歌创作作为一种治疗和自我拯救。1967年获普利策诗歌奖。1974年10月4日,她以一氧化碳中毒的方式自杀。主要诗集有:《去精神病院的路上中途而返》(1960)、《我所有的美人》(1962)、《生或死》(1966)、《情诗集》(1969)、《变形》(1971)、《死亡笔记》(1974)等。

# 晨歌

[美]西·普拉斯 / 张芬龄 译

爱使你走动像一只肥胖的钟表。

接生婆拍打你的脚掌,你赤裸的哭喊

便在万物中占有一席之地。


我们的声音呼应着,感染你的来临。新的雕像。

在通风良好的博物馆里,你的赤裸

笼罩着我们的安全。我们石墙一般茫然站立。


我不是你的母亲

正如乌云洒下一片镜子映照自己,缓慢地

消逝于风的摆布。


整个晚上你蛾般的呼吸

扑朔于全然粉红的玫瑰花间。我醒来听着:

远方的潮汐在耳中涌动。

一有哭声,我便从床上跌宕而起,笨重如牛且缀以鲜花。

穿着维多利亚的睡袍。

你猫般纯洁的小嘴开启。窗格子

泛白且吞噬其单调的星辰。现在你试唱

满手的音符;

清晰的母音升起一如气球。

---

**西尔维亚·普拉斯** (1932—1963)

出生于波士顿的美国诗人,与诗人休斯结婚六年后分居,不久便自杀了。逝后出版了诗集《阿丽尔》。由于诗中披露的个人生活真假难辨,遂成为一个悲剧式的神话。她的诗风直率坦诚,用词新奇,节奏短促,别具一格,被认为是美国自白派诗歌的杰出代表。

# 画像

[美]斯坦利·库尼茨 / 彭予 译

母亲没有原谅父亲,

因为他杀死了自己,

而且是在公园,

又偏偏在窘困的日子里。

那年春天

我正等待出生。

她把他的名字

锁在柜子的最深处,

不让他露面,

尽管我能听见他在砰砰地敲。

我从阁楼上下来,

手里拿着一幅画,

上面画着一个嘴唇扁长的陌生人,

他蓄着漂亮的小胡子,

瞪着一双冷静的深褐色眼睛。

母亲瞧见一句话没说,

把他撕成碎片,

狠狠地扇我一耳光。

我现在六十四岁了,

仍然感觉

面孔在发烧。

---

### 斯坦利·库尼茨 (1905—2006)

美国诗人,曾当选为美国桂冠诗人。获得过普利策诗歌奖。其诗歌注重探索内心世界和自我,注重表现个性,对许多事物持怀疑和否定态度。

# 俄亥俄州的斯提克斯河 *

[美] 玛丽·奥利弗 / 倪志娟 译

十月,我们开车出门,外婆指点着牛群;

母亲戴着双光眼镜,斜着眼在地图上寻找

   十字路口。

最后,我们来到了俄亥俄州的斯提克斯河。


枯萎的叶子沙沙落下,如同镶嵌在棕色山坡的

丑陋花边,飘浮在一些空洞的建筑之上。

我们走下车,穿过田野,

三位女士暂时停留在冷漠的空间。


一些牛在溪水中饮水,蹒跚地离去了。

无论是谁命名了这个地方,他一定理解了艰难,

我猜,不带一丝炫耀或犹疑。

农场的两边被风摧残,倒塌了。

---

\* 原文 River Styx,其含义是指冥河,音译斯提克斯河。

我们期待魔力;神秘的忍耐。

我们寻找自由,却建立了法则。

有一个墓地,但我们没有看见人。

我们回到了车上。


因为关节炎,因为岁月与泥泞的季节而虚弱
   不堪,

祖母再次坐回后座,

数着牛。母亲绷紧的手指

划着回家的路线。在车轮上

我伸直我的膝盖,感到了第一阵刺痛。


### 玛丽·奥利弗 (1935—2019)

美国女诗人,生于美国俄亥俄州,十三岁开始写诗,1962年玛丽前往伦敦,任职于移动影院有限公司和莎士比亚剧场。回到美国,定居普林斯顿。她的诗歌赢得了多项奖项,其中包括美国国家图书奖和普利策诗歌奖 (1984)。主要诗集有:《夜晚的旅行者》(1978)、《美国原貌》(1983)、《灯光的屋宇》(1990)、《新诗选》(1992)、《白松:诗和散文诗》(1994) 等。

# 悼念

[美]约瑟夫·布罗茨基/黄灿然 译

对你的思念正在后退,如听了吩咐的侍女。

不!像铁路的月台,用大写字母写着"德文
  斯克"或"塔特拉斯"。

但是怪面孔浮现,颤抖而庞大,

还有地形,只有昨日进入地图,

从而填补了真空。我们都不太适合

雕像的地位。很可能我们的血管

缺乏变硬的石灰。"我们的家族,"你曾说过,

  "没给这世界贡献将军,或——我们也该
  知足——

伟大的哲学家。"不过,这也好:涅瓦河面

已溢满平庸,承受不起再多一个倒影。

从那每天被儿子的进步拓宽的角度看

一个徒有那些炖锅的母亲还能剩下什么?

这就是为什么雪,这穷人的大理石,失去
  肌肉的力量,

融化了,指责空虚的脑细胞,指责它们的

　搏击技巧

不够聪明,指责它们没有保持那样一种方式:

　让你

往双颊擦粉,显得像你永远希望的样子。

现在只剩下抬起双臂为颅骨挡住无聊的眼光,

还有喉咙,用双唇不停地说着"她死了,她死了",

而无穷的

城市以一支支长矛划过视网膜囊

哐当作响如退还的空瓶。

---

### 约瑟夫·布罗茨基 (1940—1996)

俄裔美国诗人,散文家。他很早开始写诗,1972年移居美国。1987年,因其哀婉动人的抒情诗作品获得诺贝尔文学奖,自称为"俄语诗人与英语散文家的愉快结合"。主要著作有诗集《诗选》(1973)、《言论之一部分》(1980)、《二十世纪史》(1986)、《致乌拉尼亚》(1984) 以及散文集《小于一》(1986) 等。

# 写给妈妈

[美]露易丝·格丽克 / 柳向阳 译

当我们一起

在一个身体里,还好些。

三十年。月光

透过你眼睛的

绿色玻璃,

滤进我的骨头

当我们躺在

那张大床上,在黑暗里,

等着爸爸。

三十年。他合上

你的眼睑,用

两个吻。然后春天

到来,向我收回了

绝对的

关于未生儿的知识,

离开砖头门廊——

你站立在那儿，遮挡着

你的眼睛，但这是

夜里，月亮

驻扎在桦树上，

又圆又白，在

群星的小小锡点中间：

三十年。一片沼泽

绕着房屋生长。

一簇簇苔藓

在暗影后蔓延，借着

植物薄纱的颤抖而流动。

# 爱之诗

[美]露易丝·格丽克 / 柳向阳 译

总有些东西要由痛苦制成。

你妈妈织毛线。

她织出各种色调的红围巾。

它们曾作为圣诞节礼物,它们曾让你暖和

当她一次次结婚,一直带着你

在她身边。这是怎么成的,

那些年她收藏起那颗寡居的心

仿佛死者归来。

并不奇怪你是现在这个样子,

害怕血,你的女人们

像一面又一面砖墙。

---

### 露易丝·格丽克 (1943— )

美国女诗人,2003—2004年美国桂冠诗人。1975年开始在多所大学讲授诗歌创作。至今著有十一本诗集和一本诗随笔集,获普利策奖、全国书评界奖、美国诗人学院华莱士·斯蒂文斯奖、波林根奖等各种诗歌奖项。现居麻省剑桥,任教于耶鲁大学。诗全集《诗1962—2012》于2012年11月出版。

# 音乐

[美]莎朗·奥兹 / 倪志娟 译

在电话里我的母亲说,她正在清理

她的新情人的衣服——我的心

碎了,然后是温柔的声音,

仿佛她压低了音量,进入

一条音乐的河流。我没有伤心,

她说,这比教堂对我更好,

她透过眼泪的声音,像一株长久缺水的

植物被浇灌时发出低吟,

她向我倾诉她的感受。我仿佛躺在

西海岸边的一个摇篮中,而她是一个

年轻或年老的母亲。

现在我听着一个被绑在桅杆上的人

吟唱的旋律。这与我

没什么关系,她的生活,搁置在

我的生活之上,并非真正的人类生活,

而是化学合成的,近似于地形,

战壕和射程,也许这就是

普通的人类生活。

现在我母亲的声音很像我,如同

我在对自己说话——一个

茫然、失落又满怀希望的人。

现在我感到,我从不想停止责备她,

就像吃被剥去壳的

硬壳动物。但是我的母亲

并不像一个微不足道的、被剥了壳的哭泣者,

待在我手边的水池中。

对于是否该原谅她,我犹豫不决,

好像一旦我原谅了她,我就会失去她——

现在,感到她

近在咫尺,这反而使我孤独,

仿佛她只是一个妹妹。是的,

虽然我听见她在我耳边叹息,

我的母亲却在我的前方,遥不可及,

慢慢地走向她生命的终点,

那永恒的彼岸——她那么孤独,

一个孤独的女人,站在我认识的所有人
前面,拒绝死亡,心
破碎成独奏曲。

# 螃蟹

[美]莎朗·奥兹 / 倪志娟 译

当我吃着螃蟹,鲜红强韧的蟹爪

滑过我的舌头时,

我就会想起我的母亲。她总是开车

到海湾边,一个瘦小的女人坐在一辆

庞大的汽车中,她请求卖蟹的男人

帮她打开蟹。她站在旁边等候,

钳子打破白垩质的房子,天然的

红色肢节,软骨的手臂,

和背部淡橙色的屋顶。

我回到家,发现她坐在桌前,

噼噼啪啪地拆分,将讨厌的壳

放在一边,柔软的

身体放在另一边。她递给我们

很多很多,因为我们如此喜欢它,

因此总是有足够多的螃蟹,堆在

牛奶和肉之间,像一个十字架。背后
　　有一个完全
被毁坏的乳房形状,直立着的
白色碎片像菊花瓣,但是
最好的部分是蟹爪,顶端已经被折断,
她将里面的肉慢慢滑出来,
猩红的触球——如此轻易地
吃掉那个武器,在颚和舌头之间,
咬破它鲜美的钩状的肉,是一种
极好的享受。她喜欢喂饱我们,
她给我们的全都是肉,她情愿
抓着壳,膜,茎,靠近
尘土和盐以喂养我们,
她靠近我们父亲本人的方式
赋予了我们生命。我回顾过去,
看见我们坐在桌边,津津有味地吃着,她的
一排粉红色的食客,一大盘完美的
蟹爪,我进一步回顾,
看见她在厨房中,剥着壳,她的

小手弯曲着——像一只

鱼鹰,野蛮灵巧地

撕下肉,在恐惧与欲望之外活着。

---

## 莎朗·奥兹 (1942— )

美国女诗人,生于旧金山,哥伦比亚大学哲学博士。现居纽约。她的第一本诗歌选集《撒旦语录》(1980)获旧金山诗歌中心奖,第二本诗集《生者与死者》获国家书评家奖。1998年荣获纽约州桂冠诗人。主要诗集有:《死者与生者》(1983)、《黄金密室》(1987)、《水源》(1995)、《父亲》(1993)、《血缘,罐头和麦秆》(1999)、《一件秘事》(2008)等。

# 约定

[美]路易斯·博根 / 倪志娟 译

你曾将双手放在我身上,还有你的唇,
你念着我的名字如同祈祷。
这里,树种满河岸,
我留意过你的眼睛,清澈,毫无遗憾,
而你的唇,关闭着爱不能说出的一切。

我的母亲记得她子宫的疼痛,
长久以来,她期望的远不止这一点。
她说:"你不爱我,
你不需要我,
你终会离开我。"

在我去往的国度中,
我将无法看见朋友的脸,
以及她烈日下枯草色的头发,
同时,我们也无法拥有

这样一片土地,山间悬挂着新月,

空中划过飞鸟的踪迹。


我曾如何设想爱?

我说:"它是美和忧愁。"

我曾以为,它将带给我失去的欢乐和辉煌

如同往昔岁月吹来的一缕风……


但是,此时只有黄昏,

和柳树的细叶

间或掠过水面的声音。

---

**路易斯·博根** (1897—1970)

美国女诗人,出生于美国缅因州的利佛莫尔福尔斯镇。她一生坎坷,患有轻微的精神抑郁症。许多评论家认为:博根创造了一种不同于传统女性的抒情诗歌,将克制、含蓄与优雅和细腻完整地结合起来。她的大部分作品出版于1938年之前,主要包括《死亡的身体》(1923)、《黑暗的夏季》(1929)、《沉睡的愤怒》(1937)以及选集《河口:1923年—1968年诗选》(1968)。

# 墓园蓝调

[美]娜塔莎·特塞苇 / 远洋 译

我们把她放下去时一直在下雨；

我们把她放下去时从教堂到墓地一路在下雨。

泥浆吮吸我们的脚有回音萦绕空谷。


牧师高声叫喊，我举起我的手。

他在高喊见证，我高举我的手——

死神终止身体活动，灵魂是一个旅行者。


太阳出来了我转身离去，

太阳照射着我我转身离去——

我背向母亲，离开她躺卧之处。


这条路回家满是坑洞，

那条回家的路总是布满坑洞；

尽管我们慢吞吞，时间之轮仍然转动。

此刻我徘徊在死者之名:

母亲之名,石头为吾枕。

# 你亡逝之后

[美]娜塔莎·特塞苇 / 远洋 译

我腾空装你衣服的衣柜,
扔掉一盘因你触摸而淤青的
水果,留下空空的广口瓶

那是你为装果酱买的。第二天早晨,
鸟儿们弄得果树沙沙作响,稍后
当我从茎干上拧落成熟的无花果,

我发现它一半已被吃掉,另一面
已经腐烂,或——像我拔去并切开的
另一个——被从里面拿走:

一大群虫豸把它掏空。我太晚了,
再一次,另一空间因丧失而腾空。
明天,那盘子有待于我去装满。

# 神话

[美] 娜塔莎·特塞苇 / 远洋 译

我睡着时而你奄奄一息。
似乎你悄然穿过裂缝,一个黑洞
在我的睡与醒之间我使其构成。

我留你在黑暗界①,依旧拼力
不让你走。明天你将再死一次,
但在梦中你活着。因此我试图

带你回到早晨。睡眠沉重,辗转着,
我的眼睛睁开,发现你没有跟随。
一次又一次,这永在的离弃。

一次又一次,这永在的离弃:
我的眼睛睁开,发现你没有跟随。

---

① Erebus,厄瑞玻斯在希腊神话中是永久黑暗的化身,混沌之子(卡厄斯的儿子)。他是纽克斯的兄弟,并且和她生下了埃忒耳、赫墨拉、摩罗斯、卡隆、爱罗斯以及克厉。在晚期的神话中也指地下世界的一个部分,是死者最先经过的地方,阳界与阴界之间的黑暗界。

你回到早晨。睡眠沉重,辗转着。

但在梦中你活着。因此我试图
不让你走。明天你将再死一次。
我留你在黑暗界——依旧,拼力——

在我的睡与醒之间我使其构成。
似乎你悄然穿过裂缝,一个黑洞。
我睡着时而你奄奄一息。

# 南方新月 *

[美] 娜塔莎·特塞苇 / 远洋 译

一九五九年,我母亲登上火车。

她年方二八,大提包里鼓鼓囊囊

塞满了家里做的连衣裙,衬裙和花边

飒飒作响,她的名字

缝在每条裙子里面。丢在身后的,是密西西比

脏兮兮的路,和绕着脚踝的

红土轻烟,那微弱的风之呢喃

透过车底板,车厢如盒式房屋 ①

徒具家的概念。


在她前头,是旅行的日子,一个小镇

接一个小镇,加利福尼亚,一个

她不能停止重复的词语。翻来覆去,

她会学着与她爸接触,猜想

他的样子,如今怎样不同于

---

\* 南方新月,是美国从 1891 年开始投入运行的火车线。
① 盒式房屋,指两排房屋中间夹一走廊的建筑样式。

那张她揣着的相片。她会再次

看它一眼,车正在洛杉矶进站,然后在月台上

瞅来瞅去,但视野里无人像他。

那年老新月跑最后的旅程,

我母亲硬要我们一起坐火车。

早上晚些时我们离开格尔夫波特,朝东行。

多年以前,我们乘火车去见

另一个男人,我的父亲,等待着我们

火车却出轨了。我不记得当时她如何

抱住我,她的脸怎样深陷

当她意识到,再次,这一切

都不可靠——那旅行,也出错了。今天,

她确信能离开家乡,仅仅是奔向

等待我们的事物,此刻太阳

在后面落下,铁轨嗡嗡作响

仿佛希望,火车把我们

拖到又一天末尾。我守望

每座小镇在窗前经过

直到灯光熄灭,而母亲的面容

反射的影像——随着夜幕降临,

此刻愈加清晰——暗淡而坚定。


我看到她在读牌子:你迟到了。

---

### 娜塔莎·特塞苇 (1966— )

美国女诗人,生于密西西比,父亲是白人,母亲是黑人。2007年,她以诗集《蛮夷卫队》获普利策诗歌奖。她是美国1993年以来的首位非洲裔桂冠诗人。

## 白色的手枪皮套
## ——献给我的母亲

[美]史密斯 / 绿原 译

闪着两排红光,那些玻璃饰钉碰上了
我母亲早上在渴望中抬起的
眼睛。她的双手慈爱地
齐腰捧着给我的一件
礼物,而在她不像样的
黑衣服后面,小雪松的
暗绿色掩映在
灯泡的灿烂的明灭里。
光照以外,在楼梯的
弯曲的扶手旁,我等候着想
走进她所在的那间房。我还是

一个孩子,虽然已经知道
大厅高窗上雪的意义,知道雪
会像风从黑暗中鞭打出来的
沙粒一样不断叩击,

堆集起来直到

没有地方也没有时间

除了在深深的雪地里

仿佛从玻璃

瞥见的一瞬。

今年小小的耶稣悬挂

在一个火柴盒上,树

披着破烂的报纸条

上面写着许多死者的名字。

我的赤脚滑行在冷木上,

我摸着走进黑暗,

因为我不想匆忙


发现她在那转瞬即逝的冰光

中央和所有圣诞节的气氛之中。

很久以前她呼唤过我而我却

赖在床上想看着那呼吸的

白色躯体是多么瘦,

想要又不想要

知道我们曾经变得多么可怜,

战火在蔓延,父亲阵亡了。

我在她的期待中
一步步长大,但仍然是
个孩子得不到任何礼物,
除了话语

充满记忆,常青不败
像她那天夜里砍下来竖着的
稀疏灌木的光。我现在把它们
送回去,记得磨蹭很久
才走进这慈爱的

房间她站在那儿等我,
她的脸呈深棕色,微俯在
白色的手枪皮套上。枪突然
发出银光集长长一捋
旋雪在她的身前,
于是我看见她拿着
我的礼物,套皮
僵硬而发白,红色的玻璃
泪珠,黑色的假软毛一簇簇
构成一匹小马的形状。

她的手臂,微微擦伤,伸开来,

仿佛伸自雪松纤细的佝偻的脊柱,
它的软毛和她的衣服反衬出
一道暗黑的闪光,当我的眼睛
一开一闭望着那个形象。话语
连同一大把随时间而
变脆的松针充满那间房。
它们把我卷送进了她的双臂,
那些装饰欢乐记忆的
话语,她的手以特殊的
微光抚摸我的头发。这可是
你想要的东西?他在最后
一封信里说过,你想要它呢。

无雪的十二月,今夜头顶上
星星眨着眼悄悄地爆炸。
它们的裂片不断落在
岩石的肩头和雪松的
裙边,直到地球上
没有一方寸土地不闪光。

在楼梯顶端,手平放

在墙上,把灯关掉,

让树独自蹲着,

我记得长长的光

汇流在地板上,

我必须下楼走向

那穿黑服的人体。

整天我要拔出抢来,

沉浸在孩子的欢乐里,

摇着雪松像一枚炸弹。

真开心,我要对她射击,真开心,

直到最后她抱着我,话语

从她嘴里进出来,

说好吧,好吧,好吧。

---

**戴夫·史密斯**(1942— )

美国当代诗人,弗吉尼亚州立大学教授,著有诗集《法官的屋子里》《向爱伦·坡致敬》等,还写小说和评论。批评家把他在诗风方面比作"年轻的米开朗琪罗"。

# 我请我妈妈歌唱

[美]李立杨 / 蔡天新 译

她开始唱,我的外婆也跟着唱。
母女俩唱着,像一对年轻的姐妹。
倘若我父亲还活着,他会拉响
他的手风琴,摇摆着像一只船。

我从没有去过北京,或者颐和园,
没有站在那艘巨大的石舫上观看
那在昆明湖上下起的雨,野餐的人
跑得远远的,离开那草地。

我爱听那雨的声音;
水莲的叶子如何被雨滴注满直到
它们翻过身,把水排入湖中,
然后又摇晃着回来,注入更多的水。

两个女人开始啜泣,

但都没有停止歌唱。

## 李立杨 (1957— )

华裔美国诗人,出生于雅加达,双亲均为华人,其母亲为袁世凯的孙女,兄弟四人中有三个是画家。曾获德尔莫尔·施瓦兹诗歌奖。

七个梦

[墨西哥]菲利西亚诺·桑切斯·钱/松风 译

## 第一个梦（太初）

我是那叫作木棉的圣吉贝树

你的孩子会悬在上面晃荡，宛若果实

母亲

倘若你在种子成熟之前

认领他们

我是那脊柱

连接十三个天穹

和魂灵游走其间的

九层地狱

我是你女儿的双乳

母亲

那个得到喂养的老人

他灰白的长发披散，漫向

宇宙的四面八方

当他赤身走过

天宇

你的眼泪

是他的衣裳

你将你孩子的生命

托付给了我

母亲

你在我的躯体上看见

他们的足印

我就是吉贝树

我就是那神圣的

## 第二个梦（言语）

我是海螺

我的声音孕育自大海

通过你的孩子言说的大海

母亲

我的吟唱从世间经过

劈开新的路径

我已深入洞穴的迷宫

好让老迈的神

在我唇上写下

鸽子洒向世间的

言语

在月光照耀的清晨

我是聚集回声的第一个声音

昨日沿着古道播下的回声

我是古老的言语

只在午夜之后言说

倘若你的儿子没从丛林归来

我是海螺,回响着你用自己的声音

录下的久远过去的回声

母亲

我就是那海螺

## 第三个梦(生)

我从阴间,齐巴尔巴,一路走来

造访

你的圣殿,母亲

我是从你子宫升腾而起的

那阵沐着油膏的风

在这里活着然后死去

日复一日

在大地的脸上


你给了我,母亲

一尊有着帝王血统驯鹿的圣像

所以,我要飞过你的脸

不让我的脚步踩伤你

你给了我珍贵的珠宝

做眼睛


我从你玉米的子宫脱胎而出

你用它喂养

我的孩子

你掀翻我鼻孔的

那阵风

飞走了,仿佛

一只夜间出没的蜂鸟

就这样,我诞生,我死去

天复一天

我蓦然发觉我与你

永恒的影子连在一起

我来自玉米,你的玉米孩子

玉米是我的肉身,你就是玉米,母亲

## 第四个梦(光)

我是随光而至的

迅雷

那永恒深渊的光

照亮白路,白色道路

你的孩子在那路上旅行,母亲


我是那发明了光的霹雳

向世人宣告

你的玉米眼泪

那延续我兄弟姐妹的圣谷

即将洒落


火神

是我的兄长

今天,我带来了

四个姊妹:

东方的雨神

西方的雨神

北方的雨神

南方的雨神


母亲,我是

你儿子里最肯干的一个

我走遍世间

却不留下足印

唯有万千生命辉映我的在场

日复一日

唯有我的记忆久存

还有对

未竟事业的希冀

我是光,我是光

我就是光

## 第五个梦(魂灵)

我飞了

这么多回

我是你自己飞翔的映像

母亲

你教会我

将生的气息

吹进活在世间的

万事万物


我是你儿子的魂灵

那个由吉贝母亲

滋养的儿子


云的那边

我跟踪了一条彩虹


你告诉过我

母亲

有蜂鸟做伴

我就可以将所有失去生命的人

带给你


你故意让我没有年纪

好让我日复一日

和太阳父亲一起重生

我是你的魂灵

我是发光的魂灵

我是你灵光熠熠的魂灵

母亲

## 第六个梦（他性）

我是蜂鸟

以飞翔的英姿

在天空描绘彩虹


我是你绣在

雨边的像

你镜中的孩子

七倍透明

你想找时

却找不到我

你不想找时

却见到我


我是秋天的太阳

刺伤白云的

眼睛,白云是你的女儿

好教她哭出雨来


喝吧,母亲,喝我的液汁

我将吃你珍贵的谷物

好让你的儿子

在我体内生成

你明天就会知道

我选的路

只有一步

好让我创造的梦

将我们带到

源头之地

在那里,你将成为我的肉身

我将让你得以延续

## 第七个梦(别的死者)

已经有太多了,母亲

已经太多了

他们悬挂在我的枝头

眼看着要泼洒到

我的影子上

一如污秽


你从不曾告诉我

你在这么多石灰石上

培育的梦

今天会成为我为之哭泣的

受难


我是那神圣的吉贝

母亲

别些双手

在我内脏里种下

一个夜半女人

一个坏女人

她扛走睡不着的男人


就这样,我了解了你的儿子们

还有那些从你女儿双乳

吮吸丰沛乳汁的家伙

他们不是我的亡身

我不买他们的账

无论死神,无论自杀女神

别的我不认识的死者

在我耳边歌唱

他们不是我的亡身,母亲

他们不是我的亡身

### 菲利西亚诺·桑切斯·钱（1960—  ）

墨西哥当代实力派诗人，数度获得为彰扬玛雅语文学而设立的有关文学奖项。出生于墨西哥尤卡坦州南部一个叫扎亚的村庄，现供职于尤卡坦州大众文化部，为新近崛起的玛雅语文学勃兴运动中以古老玛雅语创作现代诗的代表人物。其诗广摄至今仍流传于玛雅人传统与信仰中的玛雅民俗、神话和传说，关注自然和精神世界，语言每每撩人感官，令人遐思。

# 母亲

[危地马拉] 米·阿斯图里亚斯 / 孟复 译

母亲,我祝福你因为你知道怎样
把你的儿子培养成一个真正的人。
他将在人生的战斗中获得胜利。
他走了,现在让我们谈谈他的归来。
当你在一个节日,看见一个回乡的旅客,
手里闪烁着珠宝,那趾高气扬的神情——
是傲慢?还是炫耀他的金钱和鸿运?
你别去迎接他,他可能不是你的儿子。


母亲,如果当你倚门盼望而感到悲伤,
那时候在短墙外面出现一个
远近闻名的旅客,他带着宝剑,
披着盔甲,头上戴着胜利的桂冠,
扬扬得意地昂首前进。
也许有人以为这是了不起的,
其实宝剑、黄金和威名又算得了什么。

你别去迎接他,他可能不是你的儿子。

母亲,如果在一个黯淡萧索的秋天,
当你闻着鲜花的香味,
听到有人叫你:太太,
那边路上来了一位交游广阔的大少爷,
他拥抱着他的情人,
在他明亮的眼中含着对海洋的憧憬,
在他盛满蜜汁的杯中散出冒险的气息。
你别去迎接他,他可能不是你的儿子。

母亲,如果在冬天晚饭以后,
当你在火盆边忧郁地思念,
听着屋顶上滴滴的雨声,
这时候,门开了,一阵寒风……有人进来了,
他光着头,手里拿着铁锤和斧头。
起来迎接他吧,因为你有权利
去拥抱你所培养成人的儿子,
他从人生的旅途中回来了,带着他血汗的报酬。

## 米盖尔·安赫尔·阿斯图里亚斯 (1899—1974)

危地马拉作家。诗歌代表作有《云雀的鬓角》等。1967年,获得诺贝尔文学奖。

# 良好的判断

[秘鲁] 塞萨尔·巴列霍 / 黄灿然 译

"妈妈,世界上有个地方叫巴黎。那是个很大的地方,很远,真的很大。"

母亲竖起我外衣的衣领,不是因为开始在下雪,而是因为这样一来也许就会开始下雪。

我父亲的妻子爱上了我,走来走去,总是倒退走向我的出生,朝前走向我的死亡。因为我两次是她的:一次是我的离家,一次是我的回家。当我回家,我关上她。这就是为什么她的眼睛赋予我这么多,溢满着我,当场逮住我,通过完成的工作、通过履行的协议来使她自己发生。

我母亲被我坦白出来了,她的名字被公开。为什么她不给我的其他兄弟同样多?譬如说,给最大的维托克,他现在已经这么大了,人们都说:"他看上去像他母亲的弟弟!"也许是因为我已走了很多地方!也许因为我生活更丰富!

我母亲授予我回家的故事一章彩色的开端。在我回家的生活面前,一想到我在两颗心期间穿过她的子宫,她便会脸红,而当我在谈论灵魂时说"那夜我很快乐",她便会变得死人般苍白。但更经常地,她变得悲伤;更经常地,她会变得悲伤。

"儿子,你样子真老。"

于是她一步步穿过黄颜色去哭,因为她觉得我老了,在剑刃上,在我面孔的河口。她因我而哭,因我而悲伤。如果我永远做她的儿子,还需要有青春吗?为什么母亲们见到儿子们老就心痛,如果儿子们的年龄达不到他们母亲的年龄?为什么,如果儿子们越筋疲力尽,就越接近他们的父母?我母亲哭是由于我因我的时间而老,还由于我从不会因她的时间而老!

我的告别从她生命一个点上出发,比我归来到她生命中那个点更外在。由于我归来的时间过剩,我在母亲面前更多是男人而不是儿子。这其中有一种坦率,它今天使我们随着三柱火焰发光。那时我对她说,直到我最终沉默:

"妈妈,世界上有个地方叫巴黎。那是个很大的地方,很远,真的很大。"

我父亲的妻子听罢,继续吃起她的午餐,而她那会死去的眼睛温柔地沿着我的双臂降落。

---

**塞萨尔·巴列霍** (1892—1938)

秘鲁最重要的现代诗人,也是拉美现代诗最伟大的先驱之一。他的诗既狂野原始,又温柔美丽;既真挚可触摸,又具有浓烈的超现实主义色彩。主要作品有《黑色的使者》《特里尔塞》《西班牙,我饮不下这杯苦酒》等。